Ohrensausen

PIAZZA

Kinky Friedman

Ohrensausen

Roman

Aus dem Amerikanischen von
Ulrich Blumenbach

PIAZZA

Die Originalausgabe erschien unter dem Titel
Blast From The Past
bei Simon & Schuster, New York

Besuchen Sie uns im Internet:
http://www.heyne.de

Umwelthinweis:
Dieses Buch wurde auf chlor- und säurefreiem Papier gedruckt.

Piazza ist ein Unternehmen der Heyne Verlagsgruppe, München
Satz: Leingärtner, Nabburg
Herstellung: Helga Schörnig
Druck und Bindung: Wiener Verlag, Himberg
Printed in Austria

ISBN 3-453-19804-2

Dieses Buch ist
meiner Freundin und Agentin
Esther »Lobster« Newberg gewidmet

Mir steigt noch der Duft
von Blumen in die Nase,
die vor zwanzig Jahren verwelkt sind.

Mark Twain in seinen Erinnerungen an Hawaii

TEIL 1

Die Gegenwart

Ja, ich komme bald.

Jesu letzte Worte, Offenbarung 22.20

1

Nennt mich Kinky.

So heißt natürlich kein echter Christenmensch, aber ich bin ja auch kein echter Christenmensch. Wenn Sie mir das nicht abkaufen, sollte ich Ihnen vielleicht mal meine Hakennase andrehen. Welcher echte Christenmensch würde denn schon an einem Sonntagmorgen, während ringsumher kakophonisch die Glocken läuten, in einem kalten, zugigen Loft unter einer Lesbentanzschule sitzen, eine Zigarre rauchen, einen Espresso trinken und mit einer Katze Schach spielen? Es war eine zähe Partie, aber ich hatte schon zähere erlebt.

»Ziehst du endlich«, sagte ich zur Katze, »oder willst du bloß so dasitzen?«

Natürlich sagte die Katze nichts. Sie geruhte auch nicht zu ziehen. Sie gehörte zu jenem aufreizenden Gezücht pingeliger Spieler von akribischem Konservativismus, bei denen es einen immer wieder in den Fingern juckt, über den Tisch zu langen und sie an den Schnurrbarthaaren zu ziehen. Leider gibt es auf der Welt nur wenige Schachspielerinnen von Niveau. Hat man also das Glück, einmal einer solchen über den Weg zu laufen, muss man gewisse Zugeständnisse machen.

Hinter dem Küchenfenster hatte der Winter die Stadt restlos eingehüllt, weiß wie Rosinante und kalt wie die Überreste von Jean Harlows Flitterwochen. Harry Houdinis Geist musste die Vandam Street hypnotisiert haben. Ich hatte kurz den Eindruck, einen x-beliebigen Häuserblock an der Paraderoute der Lebensscharade vor mir zu haben. Sogar ein Privatdetektiv mit Countrysänger-Vergangenheit hätte sich fast gefragt, ob er je das Rätsel lösen würde, was zum Teufel er hier eigentlich zu suchen hatte.

Zu den vielen Dingen, denen New York City nicht förderlich ist, gehört eine friedliche Partie Schach. Während die Katze und ich das Brett niederschwiegen und die kleinen Holzfiguren sich traumgleich in verstaubte, verstorbene und verhimmelte Freunde verwandelten, mischte sich ein neues und äußerst unangenehmes Geräusch in das an und für sich schon scheußliche Lärmen der Kirchenglocken. Eine Hupe gab eine unregelmäßige Abfolge lauter und langer Signale von sich. Wie bei der Liebe, wie bei Problemen, wie nach dem ausgedehnten Aufenthalt einer klettenhaften Hauspest ging es wieder von vorn los, kaum glaubte man, es gerade überstanden zu haben.

»Jetzt reicht's«, sagte ich zur Katze. »Unter solchen Umständen könnte nicht mal ein van Gogh masturbieren. Dank meiner Gabe deduktiven Sherlockdenkens werde ich dir jetzt das Wesen des Schurken schildern, der da so infernalischen Krach macht.«

Die Katze sah mich mit Ampelaugen an. In stetem Wandel. Mal gelb. Mal grün. Jetzt blinkte sie skeptisch, schien mir.

»Diese Hupe hat nicht das träge, schwunglose Timbre der durchschnittlichen Hupe eines durchschnittlichen Penis auf Rädern, wie er durch die Straßen und manchmal über die Gehwege von New York braust. Sie hat auch nicht die tiefe und nebelhornartig voluminöse Klangfarbe eines größeren Fahrzeugs – eines Müllwagens etwa. Da heute Sonntag ist, können wir Müllwagen aber ausschließen. Man kann sich zwar nie ganz sicher sein, ob die Müllabfuhr überhaupt kommt, aber am Sonntag ruht sie definitiv – wie jeder gottesfürchtige kleine Kirchgänger. Leider ruhen die meisten Müllwagen allerdings in der Vandam Street.«

Die Katze sah mich mitleidig an. Ich beachtete ihren Blick nicht weiter und setzte meine abgeklärte wissenschaftliche Analyse fort. Deduktives Sherlockdenken kennt keine menschlichen Regungen. Ich machte gerade den Mund auf, da erklang wieder die Hupe mit ihrem ohrenbetäubend schrillen und endlosen Städterfurz.

»Siebenundzwanzig Sekunden«, sagte ich. »Das ist einzigartig, wenn ich mich nicht irre. Dieser Penis auf Rädern ist zweifellos neu, teuer und wahrscheinlich ein ausländisches Fabrikat. Höchstwahrscheinlich sitzt ein widerwärtiger Jungmensch am Steuer, der offenkundig bar jeder religiösen Veranlagung ist. Der Fahrer kann nicht behindert sein. Nach so langer Zeit wäre er entweder längst überfallen worden oder hätte bereits Hilfe gefunden, also kommt weder ein epileptischer Anfall noch ein Herzinfarkt in Frage. Des Weiteren können wir die elektronische Alarmanlage eines geparkten Penis auf Rädern ausschließen. Das Furzen kommt zu anhaltend und in zu unregelmäßigen Abständen. Der letzte Flatus dauerte dreizehn Sekunden.«

Die Katze starrte mich verständnislos an. Auf dieselbe Weise mochte van Gogh von der Katze angestarrt worden sein, die in seinen letzten Lebensjahren die Gummizelle in Dr. Gachets Nervenheilanstalt mit ihm geteilt hatte. Auch meine Katze fand wahrscheinlich, dass ich in die Klapsmühle gehörte. Sie sagte sich garantiert, dass ich spinnen *musste.* Warum sollte man seine Obsessionen um eine Hupe auf der Straße kreisen lassen, wenn man mit einer Katze Schach spielen konnte? Aber das Diktum eines Sherlocks legt keinen Wert auf die erratischen Gedankengänge von Frauen oder Katzen im Allgemeinen.

»Da heute Sonntag ist und wenig Verkehr herrscht, versucht die junge Frau in dem ausländischen Fabrikat vermutlich, den Bewohner eines Lofts in einer der oberen Etagen, das weder mit Sprechanlage noch Summer versehen ist, auf sich aufmerksam zu machen, um ins Haus zu kommen.«

Ich stand auf und durchmaß das Wohnzimmer meines Lofts. Hin und her durchmaß ich es und paffte die Zigarre, stets bemüht, den Fenstern auf der Vandam-Seite nicht zu nahe zu kommen. Mein Durchmessen wurde in periodischen Abständen von anhaltendem und äußerst lästigem Hupen interpunktiert.

»Du fragst, woher ich wisse, dass es sich um eine Frau handelt?«, stellte ich der Katze eine rhetorische Frage, hielt im Durchmessen inne und wandte mich theatralisch zum Küchentisch.

Wenig ward mir zum Grinsen zumute, als ich die Katze rücklings auf dem Küchentisch liegen und im Tiefschlaf alle viere von sich strecken sah. Erleuchtet man die Welt mit Wissenschaft, wird es immer Perverse geben, die davor die Augen verschließen. Ich kämpfte mich gleichwohl weiter und schrie die schlummernde Felida an wie ein Wahnsinniger auf der Theaterbühne.

»Woher ich wissen will, dass es sich um eine Frau am Steuer handelt? Weil ein Mann in drohendem und rhythmischem Stakkato auf die Hupe drückt wie ein Eingeborener im Kongo auf seine Bongo. Eine Frau in ähnlich heftigem Aufruhr geht jedoch anders vor. Sie lehnt sich mit all den neurotischen Liebesnarben ihres Lebens auf die Hupe. Also erzeugt eine junge Frau in einem teuren ausländischen Fabrikat dieses gottlose Spektakel und das an eben dem Tag, den der Großteil der Welt als Gottes Ruhetag ansieht. Ein Glück, dass wir nicht der Großteil der Welt sind.«

Willens und bereit, meine Gabe deduktiven Sherlockdenkens unter Beweis zu stellen, hob ich sanft die leise protestierende Katze hoch, und gemeinsam traten wir ans Küchenfenster. Ich setzte die jetzt deutlich verärgerte Katze aufs Fensterbrett und sah kühn auf die Vandam Street hinab.

Links vom Haus stand ein glänzender schwarzer Porsche mit dem Wunschkennzeichen EXCESS. Gerade als ich das Fenster öffnete, streckte eine junge, blonde und sensationell überwältigende Frau ihre langen Beine aus dem Porsche und stieg aus. Im *National Enquirer* habe ich mal gelesen, dass Jerry Seinfeld zwölf Porsches besitze. Einfach jämmerlich, hatte ich damals gedacht. Ich mochte noch nicht mal Leute, die nur *einen* Porsche fuhren. Aber es gibt ja keine Regel ohne Ausnahme, und eine solche gaffte ich jetzt an.

Nachdem die junge Frau blasiert einen der parkenden Müllwagen umrundet hatte, konnten die Katze und ich zwei angeleinte Hündchen erblicken. Die Miene der Katze bekam einen Stich ins Säuerliche. Ich betrachtete die Hunde, die roten Stöckelschuhe, das teuer aussehende Lederköfferchen und die erfolgssichere Erotik, welche die Frau zur Schau stellte. Hier gab es kein Vertun. Ich kannte sie. Einen Menschen, der einem das Herz gebrochen hat, vergisst man nicht.

Die Hündchen kläfften und jaulten. Die Schneeflocken fielen auf Frauchens rote Stöckelschuhe. Sie lachte unbeschwert, ihr atemberaubendes schneeblindes Lächeln segelte drei Stockwerke herauf und mir direkt ins ungeschützte Auge. Wie hypnotisiert ging ich zum Kühlschrank und nahm den kleinen Negerpuppenkopf herab, der dort oben auf seiner Stange saß. Er hing an einem farbenfrohen Fallschirm und hatte den Hausschlüssel in den stoisch lächelnden Mund geklemmt. Ich ging zum Fenster zurück und sah auf die schöne Frau hinab. Fast noch ein Mädchen. Fast Gleichgesinnte waren wir. Uns unterschied nur, dass sie einen kleinen schwarzen Porsche liebte und ich einen kleinen schwarzen Puppenkopf.

»Mach schon, Kolibrischwanz!«, schrie sie. »Schmeiß deinen Scheißpuppenkopf runter!«

»Eines Tages werden dir diese Worte im Halse stecken bleiben«, rief ich und balancierte den fröhlichen Puppenkopf auf der Handfläche. »Für dich bin ich immer noch *Mister* Kolibrischwanz.«

»Okay«, sagte sie und schüttelte sich ein bisschen, »*Mister* Kolibrischwanz.«

Das Lächeln hatte sie sich abgeschminkt, fiel mir jetzt auf, und die Schneeflocken bauten kleine Burgen auf ihrem langen blonden Haar. So sollte sie mir im Gedächtnis bleiben. Eine zornige Statue, die dastand und darauf wartete, dass ich ihr den Schlüssel zu meinem Herzen zuwarf.

Ich warf den Puppenkopf hinab, sie fing ihn mit gierigem Griff, und alsbald waren Frauchen und Hündchen im Haus verschwunden. Ich schloss das Fenster, paffte nachdenklich an der Zigarre und beobachtete dann, wie sich ein lavendelfarbenes Rauchwölkchen zaghaft zur Lesbentanzschule emporkräuselte, beobachtete, wie sich ein gleichgültiger Baldachin aus Schneeflocken auf den kleinen schwarzen Porsche legte.

Die Katze saß auf dem Fensterbrett und sah in den Schnee hinaus. Ich stand hinter ihr und betrachtete sie beim Flockenzählen. Ohne eine Schachfigur anzurühren, wussten wir, dass eine neue Partie begonnen hatte.

»Genauer gesagt heißt es *Lord* Kolibrischwanz«, sagte ich.

Die Katze sagte nichts.

2

Der Lastenaufzug im einsamen kleinen Foyer war zwar langsam, aber nach etwa einer Stunde machte ich mir doch allmählich Sorgen. Zum einen gefiel mir die Vorstellung nicht, dass die Blondine mit dem Puppenkopf durchgebrannt sein könnte. So manches Mal hatte mich lediglich sein kleines Lächeln davon abhalten können, mich an der Duschstange aufzuhängen. Wenn einem alles hochkam, musste man sich nur vom Kühlschrank einen runterholen können.

Alles halb so wild, beruhigte ich mich. Vielleicht brauchte sie nur Zeit, um sich oben in ihrer alten Wohnung wieder einzurichten. Ich gönnte ihr nicht die Genugtuung, sie anzurufen oder bei ihr anzuklopfen, bloß um feststellen zu müssen, dass sie über den Flur gegangen war und mit Winnie Katz und ihrer Lesbentanzschulklasse Rezepte tauschte. Kein Brief, kein Telegramm, Publikum noch stundenlang wartete auf Klingelklang. Ich hatte seit Monaten nichts von ihr gehört, da würde Janis Joplin mir bei ein paar Stunden länger auch kein bisschen *Piece of my Heart* mehr rauben.

»Du erinnerst dich bestimmt an Stephanie DuPont«, sagte ich zur Katze. »Die forsche, die forsche, ein Königreich für 'nen Porsche. Vor drei oder vier Menschenleben ist sie auf der Suche nach Al Capones vergrabenem Vermögen mit mir und einer Schatzkarte nach Florida gezogen. Sie und die Karte haben sich entschieden, dort zu bleiben. Ich habe mich entschieden zurückzukommen.«

Die Katze zog ihre übliche Nummer ab, streckte sich und gähnte, schaffte es diesmal aber wenigstens, wach zu bleiben. Es war ja auch eine olle Kamelle. Junge lernt Mädchen kennen. Mädchen nutzt Jungen aus, um vergrabenen Schatz zu finden. Schatz bleibt unauffindbar. Junge bekommt zu hören, er soll sich samt Kissen verpissen. Passiert in Amerika alle Tage, selbst in einigen Entwicklungsländern, wie man hört.

»An Stephanie erinnerst du dich vielleicht nicht besonders gut, aber ich wette, du erinnerst dich an ihre niedlichen Hündchen Pyramus und Thisbe. Mal überlegen, ich glaube, Pyramus war der knuddelige kleine Yorkshireterrier. Oder war Thisbe der Yorkie? Nein, Thisbe war der süße kleine Malteser. Doch, da bin ich mir ziemlich sicher …«

Ich hatte der Katze in die Augen gesehen, und deren Ausdruck hatte sich tatsächlich verändert. Die Wunschbrunnen waren schneller zu Höllenfeuern geworden, als man in New York eine Ratte fängt.

»*Dacht* ich's mir doch, dass du nicht vergessen hast, wie die beiden kleinen Pappnasen uns in unserem bescheidenen Loft heimgesucht haben. Wenn ich mich recht entsinne, gab es zwischen dir und Pyramus und Thisbe einen kleinen Stresskongress. Du hast es an Garstlichkeit nicht fehlen lassen, wie ich meine. Aber das verstehe ich nur zu gut. Mir geht es mit Stephanie DuPont oft genauso.«

Ich ging zur Anrichte und goss mir einen anständigen Jameson Irish Whiskey ins alte Stierhorn. Zeit für einen Brunch. Ich wollte schon still dem Puppenkopf zuprosten, aber dann fiel mir wieder ein, dass der ja nicht mehr da war. Oben auf dem Kühlschrank war es so leer wie an der Wall Street an Jom Kippur. Trotzdem brachte ich einen Toast auf den Puppenkopf aus.

»Auf die gefallenen Kameraden«, sagte ich.

Dann erledigte ich den Whiskey. Nach Meinung von Experten ist morgendliches Trinken ein sicheres Zeichen dafür, dass der Betreffende depressiv ist. Ich kann deren beschränkte Logik zwar nachvollziehen, aber meiner Meinung nach ist ein Drink am Morgen lediglich ein medizinisch notwendiges Intermezzo. Anders gesagt, bevor man überhaupt »Make It Through the Night« trällern kann, muss man erst mal die Zeit bis dorthin überbrücken. Der psychologische Fachbegriff für dieses Phänomen lautet Afrikanisch-Amerikanische Puppenkopf-Postpartum-Depression.

Tja, sagte ich mir, da musste ich wohl durch. Ohne den Puppenkopf würde einfach nie wieder jemand in den Loft kommen. Von mir aus. Und mehr noch von der Katze aus wahrscheinlich. Keine Schönwetterfreunde mehr, die uns erst auf den Geist gingen und dann mit unseren geistigen Getränken im Bauch weggingen. Keine Hauspest mehr, die während der acht Chanukkanächte herumhing und einen nur mit unerbetener Anwesenheit beschenkte. Keine Geliebten mehr, die einem das Herz brachen und die Hoden hobelten, Anstoß am Aufstoßen nahmen, die Klobrille runter- und die Träume verklappten. Eine einsame, mönchische Existenz für die Katze und mich. Aber das würden wir schon irgendwie schaffen. Schließlich würde mir ja nicht die Funktionalität des Puppenkopfes fehlen, lediglich seine Humanität.

Ich hoffte bloß, dass es meinen zunehmenden Erfolgen als Privatdetektiv nicht schaden würde, wenn ich eine Weile puppenkopflos sein musste. Die letzten Jahre mochten für den Kinkster finanziell kein besonders großes Vergnügen gewesen sein, aber sie hatten mir in der Stadt doch den Ruf eines klugen, akribischen und katzenliebenden Kriminologen verschafft. Ich hatte ein paar Katzen gefunden, ein paar Menschen und ein paar Leichen im Keller. Inzwischen war ich allerdings damit beschäftigt, mich nicht selbst in eine Leiche zu verwandeln – die vorausgegangenen drei Fälle hatten mir nämlich keinen roten Heller eingebracht. Mein ehemaliger Dr. Watson, Larry »Ratso« Sloman, der immer noch auf die mit meiner Hilfe aufgespürte Erbschaft seiner Mutter wartet, knapp siebenundfünfzig Millionen Dollar, ließ mich seinerseits unerschütterlich auf Begleichung der Rechnung warten. Ähnlich stand es bei einem Fall, dem mein Reporterfreund Mike McGovern den leider gar nicht kryptischen Titel *Der Leibkoch von Al Capone* gegeben hatte. Hier hatte eine cowboyartige Verkettung der Umstände Stephanie DuPont und mich nach Florida gebracht, wo wir beinahe den lange begrabenen, aber immer noch begehrten Schatz des Al Capone entdeckt hätten. Je tiefer wir gruben, desto flacher wurde jedoch unser Zutrauen zueinander, bis wir schließlich die Reste unserer Freundschaft in einem ähnlich flachen Grabe beerdigten.

In der trübsinnigen, trostlosen und traurigen Zeit nach der Sache in Florida hatten mein Ermittlerfreund Rambam und ich den Schuldigen in einem mörderischen Fall hochgenommen, bei dem es um die letzte übrig gebliebene amerikanische Volkslegende ging, Willie Nelson nämlich. Im Anschluss daran hatte ich den *Red Headed Stranger* in höchsteigener Person aufspüren können, der aus Gründen, die ich in diesem Familienblatt nicht ausbreiten kann, auf Tauchstation gegangen war. Nelson gefiel es nicht besonders, gefunden zu werden, und obwohl er inzwischen *On the Road Again* ist, haben wir gesellschaftlich, geschweige denn geschlechtlich, nicht mehr viel miteinander zu tun, auch wenn wir uns spirituell nach wie vor nahe stehen. Geschlechtlich habe ich übrigens schon seit geraumer Zeit mit niemandem mehr zu tun, weshalb mich all der verschwendete Kolibrisamen nicht wenig dauert. Um die Wahrheit zu sagen, dank einem segensreichen Genpool habe ich einen so großen Penis wie Ernest Hemingway, nicht so einen kleinen wie F. Scott Fitzgerald. Ich muss mich bloß noch entscheiden, ob ich mir den Schädel wegpusten oder mich lieber zu Tode trinken soll.

Unterm Strich laufen lange Jahre schwieriger und oft entmutigender Detektivarbeit also darauf hinaus, dass Ratso kaum noch mit mir redet, Willie kaum noch für mich singt und der romantische, quichotische Traum meiner wackeligen, herben Beziehung zu Stephanie einem öden und endlosen Albtraum gewichen ist. Das Arbeitsfeld eines Amateurdetektivs liegt mal brach, mal erbringt es fürchterlich verbotene Früchte und mal nur eine Ernte von Hass. Das liegt daran, dass zwar jeder die Wahrheit erfahren möchte, aber hat er sie erst einmal erfahren, kann er kaum je damit umgehen. Was nicht selten auch für den Ermittler gilt. Noch ein paar solche Erfolge wie die der letzten Zeit, und die Katze und ich konnten auf Timesharing-Basis in van Goghs alte Gummizelle ziehen.

Solcherart waren meine tief metaphysischen Gedanken, während der Sonntagvormittag nach Art eines unberechenbaren, weltvergessenen Mistkäfers in den Sonntagnachmittag hinüberkrabbelte. Ich rauchte noch eine Zigarre, trank noch einen Jameson, betrachtete die American-Football-Spieler, die in meinem alten Schwarzweißfernseher übereinander herfielen, da kam die Lesbentanzschule über mir in Fahrt und die beiden roten Telefone links und rechts auf meinem Schreibtisch erwachten gleichzeitig zum Leben. Was nicht weiter erstaunlich war, hingen sie doch beide am selben Anschluss. Es war auch nicht weiter erstaunlich, dass die Katze einen doppelten Salto rückwärts machte – sie hatte nämlich genau in der Mitte zwischen den Telefonapparaten geschlafen.

»Junge, Junge«, sagte ich, »in diesem Loft geht's ja plötzlich zu wie in einem afrikanischen Bienenkorb.«

Die Katze sagte natürlich nichts. Sie saß auf dem Schreibtisch, leckte sich träge die Pfote und tat, als wäre der peinliche Vorfall nie passiert. Die Fähigkeit, sich selbst nicht so tierisch ernst zu nehmen, geht praktisch allen Katzen ab, wie übrigens auch der Mehrheit erwachsener Menschen. Bei Menschen nennen wir dieses Syndrom spätzündende Ernsthaftigkeit. Bei Katzen ist das natürlich kein Syndrom; die sind einfach so.

Ich paffte ein paarmal friedlich an meiner Zigarre, um meine Nerven zu beruhigen, dann hob ich den linken Hörer ab.

»Schieß los«, sagte ich.

»Kolibrischwanz.«

»Oh, meine zarte kleine arische Einsachtzigblume. Wie ich mich freu, dass du dich mal meldest, kaum bist du wieder in der Stadt.«

»Ich hab meinen Hausschlüssel verloren, Itzig. Sonst hätt ich garantiert nicht… Pyramus! Thisbe! Kaut gefälligst nicht den Puppenkopf an…«

»*Was?*«

»Reg dich ab, Knalltüte. Ich hab ihn ihnen weggenommen.«

»Kannst ihn ja mal vorbeibringen, wenn du auf dem Weg nach unten bist. Tut mir übrigens Leid, dass die Sache in Florida schief gelaufen ist.«

»Und warum soll da was schief gelaufen sein, du Schwachkopf?«

»Na ja, also, immerhin bedeutet dein Comeback doch bestimmt…«

»Jedenfalls nicht, dass wie bei John Travoltas Comeback die Scientologen dahinter stecken. Mich haben die Mäuse wieder hierher geführt.«

»Mäuse?«

»Oh Mann, nicht die possierlichen Tierchen mit den possierlichen Schnurrhaaren. Ich meine Bargeld, du Wichser. Deinen Anteil an der Kohle. Vertrag ist schließlich Vertrag. Ich halte nun einmal mein Wort.«

»Ach so ...«

»Was ist los? Ist dein Kopf vom Stoff, aus dem die Bäume sind? An dieser Stelle hast du ›wie viel?‹ zu fragen.«

»Meinetwegen. Wie viel?«

»Du kriegst sieben.«

»Sieben Dollar sind auch nicht mehr das, was sie mal waren.«

»Versuch's mal mit sieben *Millionen*.«

3

Es kommt nicht alle Tage vor, dass man sich seitwärts aus dem Bett hangelt, mit der Katze Schach spielt und dann eine Treppe hochgeht, um mit sieben Millionen Dollar wieder runterzukommen. So etwas kann einem das Leben zerstören. Ich war aber scharf darauf, es mal auszuprobieren. Will man sich das Leben zerstören, wird stillschweigend vorausgesetzt, dass man überhaupt eines hat. Wenn man eines zu haben glaubt, sollte man es jedenfalls nicht damit vergeuden, endlos lang zu überlegen, ob man eines hat. Das kann man getrost den Moralaposteln dieser Welt überlassen, die überwiegend zu jung und zu lebendig bis auf die Knochen sind, um sich klar zu machen, dass Lenny Bruce für ihre Sünden gestorben ist. Die glauben wahrscheinlich, Jesus hätte Squash gespielt. Sie verstehen nicht, dass wir wunderbaren Amerikaner zwar alle berechtigt sind, nach Glück zu streben, dass aber keiner von uns es je einholen wird. Hier in Nike Village ist es unser Los, eines Tages zu erkennen, dass die einzigen Scherben des uns vergönnten Glücks im Streben liegen und nicht im Glück. Wo ich solche Weisheiten doch schon mit dem Löffel gefressen hatte, warum zum Geier sollte ich da die Treppe rauf und runter rennen, bloß um sieben Millionen Dollar bei einer jugendlichen Moralapostelin abzuholen, die dreimal am Tag duschte und der Meinung war, ich sollte mal langsam auf den Boden kommen?

Wenn man allerdings genauer darüber nachdachte, können sieben Millionen Dollar einem schon ein ganz schön nettes Leben ermöglichen. Man konnte nach Beverly Hills ziehen und sich einen aufgemotzten Unimog zulegen, um sich derart motorisiert jeden Morgen einen Cappuccino zu holen. Damit wäre man allerdings nicht der Erste. Wie man es auch drehte und wendete, nach oben zu gehen wäre ein kostspieliges Unterfangen. Mit ein bisschen Pech ging man in der Münze-des-Geistes-Abteilung sogar pleite.

»Für Geld bekommt man einen prima Hund«, sagte ich zur Katze, »aber nur Liebe lässt ihn mit dem Schwanz wedeln.«

Aus Gründen in Hülle und Fülle missbilligte die Katze diese volkstümliche Redewendung. Zum einen hörte sie sie nicht zum ersten Mal. Zum andern war sie strikt dagegen, dass irgendwer irgendeinen Hund kaufte, ob der nun mit dem Schwanz wedelte oder John Steinbeck in den Hintern biss. Vor allem wusste die Katze jedoch dank einem kosmischen Zufall, dass man sich heute totlachen und morgen totschießen konnte wie Richard Cory. Diesen abstrakten Gedanken von existentieller Tiefe konnte sie vermitteln, wie Katzen es seit Urzeiten schon immer getan haben, einfach indem sie einen mitleidig ansehen. Es gibt Gründe in Hülle und Fülle, warum Katzen einen mitleidig ansehen, aber fast zwangsläufig erntet man diesen Blick, wenn man ein posierender, dogmatisierender und nicht mehr ganz junger Amateurdetektiv ist, der sich nicht davon abbringen lässt, in Startposition zu gehen, um sieben Millionen Dollar einzusacken.

Und so begab es sich an jenem schicksalhaften Sonntagnachmittag im Jahre unseres Herrn 1997, dass ich der Katze das Kommando übergab, die Tür vom Loft schloss und mich mit leicht metaphysischen Schritten Stufe für Stufe auf eine Odyssee machte, die mich zugleich in die Zukunft und in die Vergangenheit führen sollte. Ich hatte also vor, mit sieben Millionen Dollar und einem kleinen Negerpuppenkopf die Treppe wieder herabzukommen. Als ich um die letzte Ecke bog und auf die Zielgerade in Richtung des Walhallas einlief, welches Stephanie DuPonts Apartment darstellte, hatte ich den Eindruck, mein eigener Kopf müsse ab in die Puppen. Er fühlte sich an, als wäre jemand aus einem körnigen alten Schwarzweißfilm getreten und hätte ihn in Klump gehauen. Dann hatte Ted Turner den Film nachkoloriert, und eine Regenbogenkoalition des Schmerzes war auf den Fluren meiner Grauzellenabteilung außer Kontrolle geraten. Plötzlich ging alles sehr schnell, wie es in Hollywood immer heißt.

Plötzlich war ich Alice, die hinter die Spiegel fiel. Plötzlich war ich Dorothy, die durchs Ooschloch von Kansas fiel. Plötzlich war ich die Gesamtheit aller Menschen, die in New York je überfallen worden waren. Ich hatte das seltsame Gefühl, durch Raum und Zeit zu reisen, zurückzufallen durch O-Ringe, Hula-Hoop-Reifen und Richard Nixons Augen. Wie weit zurück, konnte ich nicht sagen. Ich merkte nur noch, dass irgendwer sich verdammt Mühe gab, mir ein Ticket zur Hölle zu verpassen.

Kurz bevor ich die Augen schloss, öffnete sich eine Tür. Auf der Schwelle stand in einem strahlend weißen Kleid Stephanie DuPont. Neben ihr war der kleine Negerpuppenkopf, der plötzlich einen Körper hatte. Aber das Letzte, was ich noch weiß, war das Seltsamste.

Der Puppenkopf hatte sein Lächeln verloren.

TEIL 2

Die unvollendete Vergangenheit

Keine lange – aber eine gute Zeit.

Kacey Cohen

4

Andy Gibb sang gerade »I Just Want to Be Your Everything«, als es klopfte. Ich konnte nicht aufmachen. Ich nahm gerade jemanden in der Mitte. Und ich war gerade in der Mitte von Ratsos altem, brüchigem Sofa. Dem mit den Bremsspuren. Nach einer langen Nacht mit peruanischer Marschverpflegung musste mich mein Autopilot in Ratsos alter Wohnung in der Prince Street in SoHo abgesetzt haben. Die Wohnung war so unaufgeräumt wie eh und je. Rund siebenhundert Eishockeyschläger lehnten in prekärer Balance an der einen Wand. An einer anderen waren über zehntausend Bücher aufgestapelt, die alle mit Jesus, Hitler oder Bob Dylan zu tun hatten. An der Wand über dem Sofa hing der Eisbärenkopf, der mit scheelem Blick auf mich herabschaute. Vor mir hatten schon einmal der Folksänger Phil Ochs und der Rockgitarrist Michael Bloomfield das Sofa belegt. Beide hatten sich in der Folge auf den Weg über den Regenbogen gemacht und waren zu Jesus gegangen, was den Kinkster nicht gerade beruhigte.

Und der Jemand, den ich gerade in der Mitte nahm? Sie war ein Rotschopf. Ein echter Rotschopf, wie ich inzwischen wusste. An Rotschöpfen hatte ich von jeher Geschmack gefunden, ein Umstand, den schon Sherlock Holmes seinem latent homosexuellen Mitbewohner Dr. Watson vorgeworfen hatte. Dr. Watson beschrieb das Haar dieser Menschen altertümlich als »kastanienfarben«. Das war also lange her, das Sofa hatte damals noch keine Bremsspuren gehabt, Ratso weder Bücher noch Eishockeyschläger, und Eisbären durften noch die freie Natur durchstreifen.

Und der Rotschopf? Nach und nach kam ich darauf, dass mir die Frau am Vorabend im Lone Star Café in die Arme gelaufen war. Meine neue Band, die Shalom Retirement Village People, und ich hatten den zweiten Set gerade hinter uns, als sie wie eine gefährliche rote Sturmflut in die Garderobe gewirbelt kam. Aus Versehen, sagte sie. Eigentlich wollte sie sich nur das Näschen pudern. Da wäre sie bei uns goldrichtig, sagten wir. Jetzt, in der Nacht darauf, spielten die Bremsspuren und ich mit ihr Sandwich. Da sage noch einer, Rock-'n'-Roll-Beziehungen wären nicht von Dauer.

Ich konnte noch nicht sagen, worauf sie hinauswollte. Ihr Name spielt keine Scholle. Es gibt hienieden viele Rotschöpfe aus North Carolina und viele miederträchtige Countrysänger, aber nur selten finden sie auf so kosmische Weise zusammen. Für den Fall, dass Sie mal einen Groupie zu Hause haben wollen, wüssten Sie bestimmt gern den Namen des Rotschopfs. Den richtigen Namen kann ich Ihnen natürlich nicht verraten. Hat mit der Unschuldfähigkeit zu tun. Und mit zu früh. Und zu spät. Und piepegal. Und dem Ende unsres Lebens beim Verlust des großen Traums.

Aber ich schlage Ihnen was vor. Da neugierige Geschöpfe nun mal wissbegierig sind und da man seine Gespielen beim Kamasutralala nicht immerzu Gott nennen kann, werde ich die Dame auf Ratsos Sofa noch einmal ans Herz drücken und ihr einen Namen geben.

Ich nenne sie Judy.

5

»Nicht kommen!«, sagte Judy. »Nicht kommen!«

»Muss ich aber«, sagte Ratso an der Tür. »Ist immerhin meine Wohnung.«

Wie sich herausstellte, war Ratso nicht allein. Judy allerdings auch nicht. Aber soziale Nuancen wie zwei splitternackte, frenetisch vögelnde Leute auf seinem Sofa hatten Ratso noch nie gekümmert. Er kam hereinmarschiert, gefolgt von Tom Baker und Jack Bramson. Nur Bramson war anständig genug, ins Nebenzimmer zu gehen, Ratso dagegen ging zur Anrichte, stellte eine große Tüte vom Carnegie Deli ab, und während Judy und ich direkt vor seiner Nase ineinander festsaßen wie zwei zitternde Hunde im Regen, holte er mit fiesem Grinsen vier große Corned-Beef-Sandwiches heraus.

»Einer muss was abgeben«, sagte er.

»Solange es nicht die Löffel sind«, sagte Baker.

Eines musste ich Judy lassen. Entweder hatte sie die Eindringlinge nicht bemerkt, oder sie war schon so weit, dass es ihr egal war. Unter den Umständen hatte ich keine andere Wahl, als mitzuspielen. Irgendwer musste die Drecksarbeit ja schließlich erledigen.

Ratso machte in der Küche viel Aufhebens um die Sandwiches, klapperte unnötig laut mit Töpfen und Pfannen, rief zwischendurch »Zeig's ihr, Kinkster!« und sang Bruchstücke von »Someone's in the Kitchen with Dinah«. Der alte Taugenichts Tom Baker war weniger rücksichtsvoll. Der begabte Schauspieler, der oft seinen Job verlor, aber nie den Humor, war vielleicht mein bester Freund. Jetzt stiefelte er durchs Wohnzimmer, tat so, als wären Judy und ich nicht da, und stand kurz davor, mir auf die Eier zu gehen. Aber das ging nicht. Die wurden schon von Judy eingespannt.

»Wo ist Pinky, ich meine Blinky, ich meine Finky, ich meine Kinky?«, fragte Baker. Das war sein persönliches Mantra, das er unweigerlich anbrachte und das mich unweigerlich ankotzte.

»Bramson hat wenigstens so viel Kinderstube, nach nebenan zu gehen«, sagte ich.

»Na und?«, sagte Baker. »Wenn ihr so weitermacht, haben wir bald genug Kinder in dieser Stube.«

»Nicht aufhören«, sagte Judy.

Ich bewunderte ihre Ausgeglichenheit. Vielleicht glaubte sie, die Störenfriede hätten die Sticheleien bald satt und würden die beiden Liebenden in ihr abgeschiedenes Gärtchen Eden zurückkehren lassen. Wenn sie das glaubte, war sie schief gewickelt. Mit einem Arm wickelte ich uns deshalb in einen Quilt, der auch schon bessere Nächte gesehen hatte, denn Ratso und Baker waren hier offenbar nur mit einem Gabelstapler rauszukriegen.

»Was mach ich jetzt mit dem überzähligen Sandwich?«, rief Ratso.

»Meinst du das für Pinky, ich meine Finky, ich meine Stinky, ich meine Kinky?«, fragte Baker mit der klangvollen Stentorstimme des Shakespeare-Mimen.

»Nicht aufhören«, sagte Judy.

Das war immer ein guter Rat. Wenn man andererseits unaufhörlich über sein Handeln nachdachte, kam man möglicherweise nie mehr zum Handeln. Was aufs Gleiche rauskam. Alle Wege zum Ruhm führen zu einem ausgestopften Eisbärenkopf. Was das damit zu tun hat, auf einem solchen Rummelplatz zu rammeln, ist ein hartes, um nicht zu sagen hervorragendes Problem, in dessen talmudische Tiefe wir diesmal nicht eindringen wollen. Es reicht wohl der Hinweis, dass man auf Ratsos Sofa wohl keine Bremsspuren mehr hinterlässt, wenn man sich wirklich und wahrhaftig auf den Wegen des Ruhms bewegt.

»Früher oder später werden wir aufhören müssen«, sagte ich. »Wir müssen essen, schlafen, Avantgardeinszenierungen disku…«

»Halt die Klappe und besorg's mir«, zischte sie wie eine Schlange aus der Bibel.

Zum Glück hatte der Bakerman sein Spannerspielchen langsam satt und war auf Ratsos mittelalterlichen Lokus gegangen, der ungefähr die Größe meiner Nase hatte. Ratso war zu Bramson ins Schlafzimmer abgezogen. Mir war alles recht, was sie dort diskutierten oder trieben, solange die Laufzeit länger war als Judys. Ich fühlte mich wie ein teilnehmender Beobachter bei einem Passionsspiel, wo die Krönung des Ganzen unmittelbar bevorstand. Da steht man nicht einfach auf und geht.

Kurz darauf war die unwahrscheinliche Begebenheit vorbei. Und kurz darauf fand ich das auch ganz gut so. Judy zitterte wie ein U-Bahnhofsteig, murmelte wie das Mädchen im *Exorzisten,* und was das Beste war, sie riss mich wie einen bereitwilligen Mitreisenden durch den Tunnel der Liebe mit, geradewegs hinein in den *Gilded Palace of Sin* der Flying Burrito Brothers. Ein gemeinsamer Orgasmus mag weniger grandios sein, als immer behauptet wird, gehört aber zu den Sachen, die man auf eigene Faust einfach nicht hinkriegt. Ich gebe zu, es war so gut, dass es nicht nur meinen Penis zur Venus schickte und den Eisbären lächeln ließ, ich rief auch den Namen des Herrn inbrünstiger an als in all den Jahren seit meiner Bar-Mizwa. Auch Judy rief einen Namen, aber es war nicht der des Herrn. Es war auch nicht meiner.

»Tim!«, stöhnte sie. »Oh Tim!«

»Wer ist Tim?«, fragte Ratso, der wieder hereinkam.

Das fragte ich mich auch. Eine Antwort auf diese Frage war aber vorläufig nicht zu erwarten. Judy zog sich den zerschlissenen Quilt über, kuschelte sich auf dem Sofa zusammen, lächelte den Eisbären über sich an und schlief ein.

»Wer ist Tim?«, fragte Ratso noch einmal.

Ich betrachtete die schlafende Judy. Ich betrachtete den Corned-Beef-Sandwich essenden Ratso. Wenn es eine Antwort gab, dann war sie *Blowing in the Wind.*

»Wie Albert Einstein zu sagen pflegte«, meinte ich. »›Ich weiß es nicht.‹«

6

»Ich möchte dir Cleve Hattersley vorstellen«, sagte Bill Dick, als ich am Tag darauf ins Lone Star Café kam. Bill war der Inhaber des Ladens; Cleve, erfuhr ich, war der neue Nachtmanager; und ich war derjenige, der mit der Band proben und bei einer großen, unfreundlichen Frau mit einer grünen Buchhalterschirmmütze um einen Vorschuss bitten, betteln und barmen wollte.

»Cleve arbeitet von jetzt an bei deinen Gigs am Sonntagabend mit«, sagte Bill. »Dann gibt es hoffentlich keine Probleme mehr wie letztens.«

»Lass dir keine grauen Haare wachsen, Bill, bloß weil man mich nach der Pause mit einer Trage wieder auf die Bühne schleppen musste.«

»Cleve sorgt jedenfalls dafür, dass ab jetzt alles wie am Schnürchen läuft«, sagte Bill. »*The show must go on.* Stimmt's, oder hab ich Recht, Kinkster?«

»Stimmt, Bill«, sagte ich.

»Cleve ist übrigens selbst Musiker, Kinkster. Hatte in Texas mal 'ne Band namens ... äh ... Wie hieß deine Band noch mal, Cleve?«

»Greezy Wheels«, sagte Cleve.

»Ach die«, sagte ich. »Ihr Jungs wart echt Killerbiene. Eurer Zeit allerdings voraus.«

»Das hieß es von euch Jungs auch immer«, sagte Cleve. »Die Texas Jewboys waren Klasse, aber ihrer Zeit eben ein kleines bisschen voraus.«

»Ist nicht weiter schlimm, wenn man seiner Zeit voraus ist«, sagte ich. »Jesus war seiner Zeit auch voraus, aber wenn man lange genug mit drei Nägeln im Leib rumläuft, findet sich immer einer, bei dem man mal 'ne Nacht abhängen kann. Van Gogh war seiner Zeit auch voraus. Deshalb hat er sich das Ohr abgeschnitten. Es stimmt nämlich nicht, dass er gerade ein Barry-Antelope-Konzert besucht haben soll ...«

»Okay«, sagte Bill Dick, »ihr beiden habt euch offenbar viel zu erzählen, da kann ich ja mal schnell zu dem texanischen Avantgardekünstler da fahren, diesem Bob Wade. Nennt sich Daddy-O. Der liegt mir ständig in den Ohren, ich soll doch oben auf dem Dach eine riesige Echsenskulptur von ihm anbringen. Der größte Stuss, den ich je gehört hab. Nur über meine Leiche.«

Bill Dick verzog sich, und Cleve und ich gingen unten in der Bar neben der kleinen Bühne einen trinken. Der Club war so gebaut, dass nur der Barkeeper einen guten Blick auf die Show hatte. Er stand da, bekam aber nur eine leere Bühne und zwei Typen zu sehen, die den Eindruck machten, als hätten sie Almosenalk bitter nötig.

»Kalt heute«, sagte Kurt, der Barkeeper. »Wie wär's mit einem Drink aufs Haus?«

»Sehen wir so abgebrannt aus?«, fragte Cleve.

»Ja«, sagte Kurt, der genug Gäste nach Bruchlandungen infolge peruanischer Marschverpflegung gesehen hatte und jeden Vielflieger erkannte, der an seiner Bar Zwischenstopp machte. Er schenkte uns beiden irgendwas ein, und dann warteten wir auf die Band, um mit der Probe anzufangen.

»Auf eine Band, die ihrer Zeit definitiv nicht voraus ist«, sagte Cleve.

»Deswegen heißen sie ja auch die Shalom Retirement Village People«, sagte ich.

Wir kippten die Drinks, und meiner riss mir auf dem Weg nach unten das halbe Zäpfchen ab. Wir warteten also.

»Der Club hier spuckt Nachtmanager aus wie Sonnenblumenkerne«, meinte ich zu Cleve. »Nur Lee Frazier hat länger ausgehalten, aber das liegt daran, dass er nicht weiß, dass er schwarz ist.«

»Ich seh das anders«, sagte Cleve.

»Du erzählst mir bestimmt, wie«, sagte ich. Auf perverse Weise wurde mir der Knabe sympathisch.

»Na ja«, sagte Cleve, »wenn mir einer auf der Nase rumtanzt, bring ich ihn immer um.«

Cleve lachte. Kurt lachte. Sogar ich lachte zum ersten Mal seit zweihundert Jahren. Cleve war ein großer, dünner Mann mit einem langen Pferdeschwanz, ein Exhippie, den das Leben in der Musikbranche genauso frustriert hatte wie das draußen. Ich kenne das Gefühl nur zu gut, es ist nicht komisch, aber genau aus diesem Grund lachte ich wahrscheinlich. Etwas anderes blieb mir auch kaum übrig.

»Wenn die nicht ruckzuck zu der Scheißprobe auftauchen, kannst du meinetwegen die Shalom Retirement Village People umbringen«, sagte ich. »Wie wär's mit noch einer Runde Schlangenpisse, Kurt?«

»Okay, aber diesmal müsst ihr löhnen. Bill Dick überwacht hier alles mit einem Mikroskop.«

»Schreib's auf meinen Deckel«, sagte Cleve.

»Du hast noch keinen Deckel«, sagte Kurt. »Heute ist dein erster Arbeitstag.«

»Ich hab dir doch gesagt, dass man hier auf seine Kosten kommt, Cleve«, sagte ich. »Ich würd dir ja einen ausgeben, aber im Moment muss ich sogar bei Ratso auf dem Sofa pofen.«

»Das will was heißen«, sagte Kurt. »Als Nächstes stellst du dich wohl im Hare-Krishna-Tempel für Gratisbohnensuppe an. Vielleicht braucht ihr beiden doch noch einen aufs Haus.«

Er schenkte uns wieder zwei großzügige Drinks ein.

Sich selbst auch einen. Ich schnorrte bei Cleve eine Lucky Strike.

»Auf die Zukunft«, sagte ich. »Was ist das eigentlich für 'ne Kehlbeize, Kurt?«

»Jameson Irish Whiskey«, sagte er. »Und, wie findste den?«

»Schleimlösend«, sagte ich.

Wir kippten die Drinks. Dann saßen wir eine Weile an der Bar und warteten auf die Shalom Retirement Village People. Ich kettenschnorrte bei Cleve noch eine Lucky, rauchte sie, zerkrümelte die Kippe und ging zwischendurch zweimal nach unten, einmal zum Pinkeln und einmal, um die große, unfreundliche Frau mit der grünen Buchhalterschirmmütze zu bearbeiten. Keine Knete. Keine Gruppe. Kein Glück.

Als ich kurz davor stand, mich an der Duschstange aufzuhängen, kam die Band und fing erst mal umständlich damit an, die Instrumente auf die Bühne zu schleppen und zu stimmen. Sie waren zwar nicht die Texas Jewboys – die nahmen schon seit etlichen Jahren ihr Sabbatjahr –, aber sie waren eine verdammt gute Band, erst recht, wenn man berücksichtigte, dass ich sie oft nur in der Münze des Geistes bezahlte.

Am Schlagzeug saß der große Howie Wyeth, der früher in Bob Dylans Band gespielt hatte und zu den besten Rock-'n'-Roll-Drummern der Welt gehören dürfte. Am Bass, den Bill Dick immer wie den Frauennamen aussprach, stand Buffalo, der an diesem Instrument wie kein Zweiter knarzte und furzte. Buffalo war einer der wenigen fröhlichen Bassgitarristen, die ich kannte. Vielleicht brauchte ich ja nur die doppelte Dosis von dem, was er sich einpfiff. Am Keyboard saß mein alter Freund, der begabte Ron Slater, den der Bakerman immer den *Late Great Slate* nannte. Die Mundharmonika spielte Sredni »Niggerlippe« Esquire, der oft so feurig spielte wie Paul Butterfield, aber oft auch mit so viel Soul wie Mickey Raphael. Gitarre, Mandoline und Fiddle spielte Larry Campbell, der jedes dem Menschen bekannte Instrument beherrschte und außerdem ein gut aussehender junger Mann war. Laut Dylan Ferrero, dem Tourmanager der Jewboys, war Campbell der »Schlampenabschlepper« der Band.

Die Probe hatte gerade angefangen, als Cleve an die Bühne trat und mich zu sich winkte. Wir spielten den Song noch zu Ende, eine nette, beschwingte Version von »They Ain't Makin' Jews Like Jesus Anymore«, dann ging ich zu ihm.

»Anruf für Sie, Mr. Jolson«, sagte Cleve.

»Begehrt mich Mann, Weib oder Kind?«

»Weder noch und nöcher«, sagte er. »Ratso ist dran. Angeblich ist es dringend.«

Was konnte dringend sein? fragte ich mich. Meine Eltern, Tom und Min, waren wohlbehalten in Austin. Meine kleine Schwester Marcie war wohlbehalten an der High-School. Mein Bruder Roger war Psychologe in Maryland, auch wohlbehalten. Und ich war hier in New York, spielte mit den Shalom Retirement Village People, schnupfte täglich ein Gramm von Irving Berlins *White Christmas,* pofte auf Ratsos Sofa und imitierte ganz passabel eine Kreuzung aus Gram Parsons und Lenny Bruce. Beider Lebensende war allerdings nicht so richtig wohlbehalten gewesen, kam mir in den Sinn. Parsons hatte mit sechsundzwanzig sein Verfallsdatum erreicht, seine Leiche war entwendet und dann bei Joshua Tree in der Mojave-Wüste begraben worden. Bruce war auf dem Klo an einer Überdosis gestorben wie Judy Garland und Elvis, eine Todescoda, die der Herr nur für seine hellsten Sterne spielt. Ich hörte, wie ihre Seelen mich mit weit mehr Intensität als Ratso zu sich riefen. Was konnte also dringend sein?

An der Bar drückte ich auf das blinkende Lämpchen am Hörer.

»Schieß los«, sagte ich.

»Judy kommt gleich rüber. Ich glaube, sie will dir sagen, wer Tim ist.«

»Vielleicht kann sie mir dann auch gleich sagen, wer ich bin.«

»Räum einer Frau nie die Definitionsmacht über dich ein, Kinkstah«, sagte Ratso. »Am Ende zerstört sie dich.«

»Hat dir schon mal wer gesagt, dass du einen astreinen kalifornischen Poppsychologen abgeben würdest?«

»Im Ernst, Kinkstah. Mein Leben ist von einer Frau zerstört worden, und die ganze Sache hat auf demselben Sofa begonnen.«

»Selten so gelacht.«

»Was glaubst du denn, wo die Scheißbremsspuren herkommen, Kinkstah?«

7

Ratso hatte von Phil Ochs und Mike Bloomfield keine Miete verlangt, von mir verlangte er auch keine. Ich wollte ja keine undankbare Hauspest sein, aber man fragte sich doch, ob es weise war, auf demselben berüchtigten Sofa zu pofen, das diese beiden legendären Musiker zu Jesus expediert hatte, kaum dass sie darauf verweilt hatten. Ich warf es nachgerade nicht dem Sofa vor. Auch Ratso machte ich keineswegs dafür verantwortlich. Nur erschwerte das geistige Ambiente des konfusen und knallengen Chaos in der kleinen Wohnung es Besuchern oft, die Beine hochzulegen oder breit zu machen.

Das Problem wurde zusätzlich durch die unbestreitbare Tatsache erschwert, dass Ratso der größte Zwangsneurotiker des blauen Planeten war und den obskursten Müll der Menschheitsgeschichte hortete, sammelte und aufbewahrte. Fairerweise sei gesagt, dass diese Tätigkeiten in einem gewissen Ausmaß utilitaristisch motiviert waren: Ratso trug seine seltsamen Funde oft an Füßen, Kopf und Körper und ergötzte jedermann, der ihm lange genug zuhörte, mit detaillierten Informationen zu seiner Aufmachung, wie etwa den Preisen der einzelnen Gegenstände oder Angaben zu den Flohmärkten, auf denen er die tollen Schnäppchen jeweils gemacht hatte.

Als ich an jenem Abend in Ratsos Wohnung auf Judy wartete, erstaunte es mich daher nicht, Ratso als russischen Kosakentänzer oder schwulen Matador hereinrauschen zu sehen, ich war allerdings auch nicht sonderlich erpicht darauf zu erfahren, was von beiden er nun darstellte. Ich trommelte also mit den Fingerspitzen ungeduldig auf den Gipskopf von Ratsos lebensgroßer Statue der Jungfrau Maria und wartete darauf, dass mein Gastgeber mir lückenlos schilderte, wie er in den Besitz des neuen Stoffsammelsuriums gekommen war. Ratso war aber immer für eine Überraschung schlecht. Er äußerte sich mit keinem Wort zu seiner absonderlichen Garderobe. Seine ungeteilte Aufmerksamkeit galt vielmehr einem kleinen Weidenkorb, den er in der rechten Hand hielt.

»Kinkstah!«, rief er. »Du wirst es nicht glauben, wo ich gewesen bin.«

»Auf Ostereiersuche in der geschlossenen Anstalt«, sagte ich.

»Nein«, sagte Ratso. »Auf dem Flohmarkt in der Canal Street.«

»Das ist ja sagenhaft, Ratso. Wo ist Judy?«

»Keine Angst. Die kommt gleich.«

»Sexuell?«

»Nein, das war letzte Nacht. Wie du dich vielleicht erinnerst, durfte ich den Orgasmus höchstpersönlich miterleben. ›*Tim! Tim! Oh Tim, dein Schwanz ist größer als Kinkys! Ich benutze Kinky nur, um an Ratso ranzukommen!*‹«

»Mal im Ernst, Ratso. Was glaubst du: Wer ist Tim?«

»Woher zum Henker soll ich denn das wissen? Judy ist ein heißes Höschen aus North Carolina. Sie nagelt dich, obwohl sie dich erst einen Tag kennt. Mit so lückenhaften und verstörenden Hintergrundinformationen lautet meine Arbeitshypothese, dass Tim ihr Bruder ist. Das macht dann siebenundfünfzig Dollar. Kost und Logis inklusive.«

»Heilige Muttergottes, Ratso! Du gibst wirklich einen astreinen kalifornischen Poppsychologen ab! Die richtigen Klamotten trägst du ja schon, und den Psychologieabschluss hast du auch. Okay, du kannst nicht besonders gut mit Kranken umgehen ...«

»Ich hab einen *Magister* in Psychologie. Von der University of Wisconsin.«

»Und warum hast du nicht promoviert?«

»Eine Spinne hat mich ins Skrotum gebissen.«

»Du armes Hascherl.«

»Nee, in Wirklichkeit hab ich nicht promoviert, weil ich mich nicht darauf einlassen konnte.«

»Soll das heißen, die in Wisconsin haben keine Seminare in Jesus, Hitler und Bob Dylan angeboten? Mir bleibt die Spucke weg.«

»Gut, dann mach deinen Scheiß doch allein. Was glaubst *du* denn, wer Tim ist? Timothy Leary?«

»Auszuschließen ist das nie. Tiny Tim wäre auch eine Möglichkeit. Beides gute Amerikaner. An einem denkwürdigen Abend in Columbus, Ohio, sind die Jewboys mal mit Leary zusammen aufgetreten. John Morgan war da, mein alter Freund aus dem Friedenskorps. Er fand, das Konzert wäre ›sowohl innerhalb wie außerhalb von Learys Gehirn schön dahingeströmt‹. Bis auf Morgan und mir haben praktisch alle Anwesenden auf einem anderen Planeten gekocht, obwohl, bei Morgan bin ich mir da auch nicht so sicher. Tiny wiederum ist ›eine ernsthafte Seele, die keiner ernst nimmt‹, um Billy Joe Shaver zu zitieren, der beim Konzert in Columbus, Ohio, übrigens nicht dabei war. Mit Tiny hab ich mal ein paar Nummern in New York gebracht.«

»Faszinierende Wanderjahre. Aber die Frage bleibt, welcher Tim denn nun eine Nummer mit Judy geschoben hat.«

»Es ist zwar erst ein Anfang, Ratso, aber ich habe meinen Sherlock Holmes gelesen ...«

»Wahrscheinlich auf dem Sofa hier, wenn du nicht gerade am Vögeln ...«

»... und ich habe mir – aus reiner Liebhaberei sozusagen – eine eigene Methode deduktiven Räsonierens zurechtgelegt. Ist also alles auf meinem Mist gewachsen, aber genau wie beim unvollständigen Hodenabstieg bin ich ein Anhänger des Holmes'schen Fundamentalismus. Im Anfang war Holmes.«

»Erinnert mich an das Schild, das mal einer an die Moschee gehängt hat: VORSICHT, AJATOLLWUT.«

»Ei gewiss, mein guter Watson. Meine geübten Augen könnten jedoch auf ein Detail gestoßen sein, das dir entgangen ist und das ein plausibleres Szenario zu konstruieren erlaubt als deine Theorie vom inzestuösen Bruder. Ist dir zufällig das kleine Amulett aufgefallen, das ihr an einer feinen Silberkette zwischen den Brüsten gebaumelt hat?«

»Ich hab nur gesehen, dass sie große Titten hatte. Das kleine Amulett, das dazwischen gebaumelt haben soll, konnte ich nicht sehen, weil da auch dein Schädel am Baumeln war.«

»Den lassen wir mal außen vor, Watson. Dann ist dir also auch entgangen, dass der fragliche, an der Kette hängende Gegenstand ein kleines silbernes Flugzeug war!«

»Ein kleines silbernes Flugzeug! Sherlock! Welch brillante Entdeckung! Und jetzt verrat mir, was du vom Inhalt dieses unauffälligen Weidenkörbchens hältst.«

»Was soll das? Drohst du meinem deduktiven Gedankengebäude mit der Abrissbirne? Was sind das für makabre, satanische kleine Dinger? Puppenköpfe?«

»Keine normalen Puppenköpfe. Das sind kleine *Negerpuppenköpfe,* und für nur vier Dollar habe ich heute auf der Canal Street gleich die ganzen zwei Dutzend aufgekauft. Ist das nicht ein Supergeschäft?«

»Willst den Markt monopolisieren, was?«

»Man kann nie wissen, Kinkstah!«

»Doch, eins weiß ich. Wenn ich befugt wäre, ein Dokument zu unterzeichnen, das dich für den Rest deines Lebens in die geschlossene Anstalt bringt, dann würde ich zu deinem eigenen Schutz vom Fleck weg unterschreiben.«

»Dürfte ich die Negerpuppenköpfe mitnehmen?«

»Na klar. Wenn du da mit den Negerpuppenköpfen und dem Eisbärenkopf reinmarschierst, kommst du erst recht nie wieder raus.«

»Sherlock! Mir wird gerade klar, was Judys kleines Silberflugzeug zu bedeuten hat!«

»Gute Arbeit, Watson. Weih mich in deine Hypothese ein.«

»Der Bruder in North Carolina hat sie genagelt, und dann ist er weggerannt und Drummer bei Jefferson Airplane geworden.«

»Mein guter Watson, du begegnest unserem kleinen Rätsel mit hinreißender Naivität. Die Welt ist indes verruchter, als du dir das auszumalen wagst, und ich fürchte, die wahre Bedeutung des kleinen silbernen Flugzeugs wird sich als weit unheilvoller erweisen.«

An dieser Stelle des Gesprächs durchdrang ohrenbetäubendes Summen die kleine Wohnung.

»Mist«, sagte Ratso genervt, »warum klingelt es immer dann, wenn ich gerade 'ne Sendung ans Klärwerk aufgeben will?«

»Ach, Watson, du bringst so viel Farbe und Menschlichkeit in unser kleines Problem. Wenn ich mich nicht irre, wird die Dame alsbald hier sein, und sie wird uns die Angelegenheit noch einmal ans Herz legen.«

»Das ist großartig, Sherlock. Sie legt dir die Angelegenheit ans Herz, du legst die Hände in ihren Schoß, und ich lege ein Ei.«

»Alimentärkanal, mein guter Watson, Alimentärkanal.«

8

Man ging nicht ins Monkey's Paw, wenn man eine junge Dame beeindrucken wollte, die man eben erst kennen gelernt hatte. Wenn man jedoch zuletzt im Operationssaal von Ratsos Wohnung zum Einsatz gekommen war, war jeder andere Ort ein Aufstieg. Der Weg ins Monkey's Paw führte andererseits buchstäblich bergab. Der Laden lag im Souterrain, und man konnte die Beine der Passanten betrachten, was der Kneipe den Charme einer Kellerwohnung verlieh. Wenn einen das deprimierte, konnte man sich nicht mal umbringen, indem man aus dem Fenster sprang. Im Monkey's Paw konnte man die Sandsäcke des Lebens nur abwerfen, indem man sich zu Tode soff. Viele seiner Gäste arbeiteten daran.

»Hübsch hier«, sagte Judy, während die acht Typen an der Bar sie lüstern angafften. »Du gehst echt in die Vollen, um ein Mädchen zu beeindrucken.«

»Gib dem Laden eine Chance«, sagte ich. »Ich war auch erst ein paarmal hier, aber er wächst einem ans Herz. Außerdem kriegt man auf dem Lokus Wieselstaub.«

»Ich bin begeistert«, sagte sie entgeistert.

Judy hätte vielleicht einen Abgang gemacht, wäre nicht in diesem Augenblick ein Mann mit einem sehr großen Kopf in der Tür erschienen. Ich nahm Judy am Arm und führte sie zu einer Nische zwischen der Bar und einem Fenster, durch das man die Beine der Leute auf der Christopher Street sehen konnte. Selbst meinem ungeübten Kavaliersauge wurde klar, dass Judy kurz davor stand, die eigenen Beine in die Hand zu nehmen und aus der Kneipe und meinem Leben zu verschwinden. Ich tat mein Bestes, um sie zu beruhigen.

»Immer schön geschmeidig bleiben«, sagte ich. »Wir kannten uns doch kaum, bevor wir uns erkannt haben. Was möchtest du trinken?«

»Schierling Light«, sagte sie.

Ich bestellte zwei Jameson und zwei Halbe Guinness, damit die Whiskeys sich nicht so einsam fühlten. Wenn ich Judy nicht schnell ein paar hinter die Binde kippte, verpisste sie sich, und dann würde ich mich einsam fühlen. Kein Problem, sagte ich mir. Mit einsam konnte ich leben.

Wenn zwei Menschen miteinander geschlafen haben, fallen üblicherweise einige soziale Schranken, und man fühlt sich in Gesellschaft des anderen wohl. Weil unser sexuelles Freistilringen neulich jedoch zur Zuschauersportart geworden war, vielleicht aber auch, weil Judy am Dreh- und Angelpunkt Tims Namen und nicht meinen gerufen hatte, war ihr der ganze Vorfall vielleicht peinlich, sie hatte ihn verdrängt, und das führte jetzt zu der eisigen Gesprächsatmosphäre. Ich hatte nicht den Eindruck, als wollte sie sich in nächster Zeit sachdienliche Informationen über Tim von der Seele reden. Im Augenblick war sogar an Smalltalk nur schwer heranzukommen.

Fast gleichzeitig mit den Drinks erreichten auch der Mann mit dem großen Kopf und zwei seiner Trinkgenossen unsere dunkle Nische im Monkey's Paw. Der große Kopf brachte ein zu lautes Lachen für dieses stille Örtchen mit, und er scheute nicht vor dessen Einsatz zurück. Ein großer, schlanker Blonder stand hinter uns und spielte Verstecken, indem er jedesmal, wenn wir uns umdrehten, lustig das Gesicht hinter die Gardine schob. Er trug eine weiße Hose und hatte eine Hand in der Tasche.

»Kuckuck«, sagte er und ratschte in der Hosentasche gefährlich nah am Skrotum wiederholt ein Feuerzeug an.

»Das ist ja ein echt raffinierter Trick«, sagte ich.

»Hab ich in Korea gelernt«, sagte er und sah kurz hinter dem Vorhang hervor.

»Achtet nicht auf Ted«, sagte der große Kopf. »Er beißt nicht.«

»Obwohl ich ein loses Mundwerk habe«, sagte Ted.

»Zigarre gefällig?«, fragte der Dritte im Bunde mit starkem britischem Akzent. »Sie ist ein Mädchen.«

»Das kannst du laut sagen«, sagte der große Kopf und sah dabei Judy an.

»Hat die auch ein loses Mundwerk?«, fragte Ted.

»Ich heiße Peter Myers«, sagte der Brite und gab mir die Zigarre. »Achtet nicht auf die beiden. Die haben zu viele Gorillakekse intus.«

»Gorillakekse? Was soll das denn sein?«, fragte Judy.

»Die isst man, wenn man zu viel Wieselstaub intus hat«, sagte Myers.

»Und was ist Wieselstaub?«, fragte Judy.

Sie wurde ja richtig gesprächig.

»Löst einem das Mundwerk«, sagte Ted.

Kurz darauf verschwanden der Typ namens Ted und der Typ mit dem großen Kopf auf Nimmerwiedersehen in Richtung Lokus. Myers weihte uns noch in seine Pläne ein, im Village einen britischen Delikatessenladen zu eröffnen. Er wollte ihn »Myers of Keswick« nennen. Dann verschwand auch Myers auf Nimmerwiedersehen in Richtung Lokus.

Ich bestellte noch eine Runde Jameson. Langsam mochte ich diesen Jameson. Langsam mochte ich sogar Judy. Sie sah direkt ein bisschen verführerisch aus, wie sie da so saß, sann und soff. Ihr Hintergrund war rätselhaft und reizvoll. Der Vordergrund war auch nicht schlecht.

»Was waren denn das für welche?«, fragte ich den Barkeeper, als er die Drinks servierte.

»Irgendwelche Nichtsnutze«, sagte er. »Pete Myers redet schon seit Jahren davon, diesen Laden da aufzumachen. Die dümmste Idee, die ich je gehört hab. Als ob in New York jemand auf britische Feinkost scharf wäre. Bei uns hier gibt's schon Shepherd's Pie, und damit hat sich's. Das Ganze ist ein Hirngespinst. Da wird nie was draus.«

»Und was ist mit dem großen Schlanken, der in der Hosentasche mit dem Feuerzeug rumgespielt hat?«

»Vor dem würd ich mich ebenfalls hüten. Das ist ein Kanadier, der nichts Schöneres kennt, als Amerikaner auf die Palme zu bringen. Heißt Ted Mann. Schreibt für den *National Lampoon.*«

»Der war doch ganz witzig«, sagte Judy.

»Ein kleines bisschen Ted Mann hält lange vor«, sagte der Barkeeper mit finsterem Gesicht.

»Und der Große mit dem großen Kopf und dem lauten Lachen?«, sagte ich. »Was ist das für einer?«

»Vor dem müsst ihr erst recht auf der Hut sein. Der ist Reporter bei den *Daily News* und hat die schlimmsten Manieren von allen Tieren, die ich kenne. Ein Ire. Daneben ist Ted Mann der reine Chorknabe.«

»Ich fand ihn ganz nett«, sagte Judy.

»Verknall dich lieber nicht in den«, sagte der Barkeeper in unheilverkündendem Ton. »Der kriegt hier bald Hausverbot.«

»Ein Schicksal, schlimmer als der Tod«, sagte ich und warf einen Blick auf das verräucherte Grüppchen betrunkener und bedrückt wirkender Stammgäste. »Wie heißt er?«

»Mike McGovern«, sagte der Barkeeper.

Vielleicht wollte ich unbewusst meine Solidarität mit dem vor dem Hausverbot stehenden Iren bekunden, jedenfalls bestellte ich noch zwei Jameson Irish Whiskeys und eine weitere Runde Guinness. Ob es nun am Alkohol lag oder am Schummerlicht, Judy taute jedenfalls auf und sah immer hinreißender aus. Mit den roten Haaren, die ihr auf die Schultern herabwallten, und den braunen Augen, die endlich zu lächeln begannen, wurde sie zum Inbegriff einer irischen Schönheit.

»Bist du etwa Irin?«, fragte ich sie.

»Natürlich. Willst du die Zigarre noch rauchen?«

»Ich hoffe, dieser Tage Zeit für sie zu finden.«

»Dann nimm sie aus dem Mund.« Ich gehorchte. »Und jetzt küss mich«, sagte sie.

Unsere Lippen trafen sich, und das Treffen dauerte länger, als wir wohl beide beabsichtigt hatten. Es war ein sanfter, sinnlicher, saugender und leicht salziger Kuss. Ein finaler Rettungskuss in einer Stadt der Verlorenen.

»Jetzt, wo wir alle anderen kennen gelernt haben«, sagte ich, »erzähl mir doch von Tim.«

9

Der tiefbraune Guinnessfluss strömte in jener Nacht unablässig, ab und zu gespeist von Jameson-Nebenflüssen, und zunehmend sprudelten auch die Quellen des Gedächtnisses in Judys Herz und in meinem, um sich in die tiefen, dunklen Wogen des schlammigen, gewundenen Stroms des Lebens zu ergießen. Die Gewässer der Erinnerungen flossen langsam zum Meer, und ich urinierte unheimlich oft im leckenden, leidvollen Lokus des Monkey's Paw. Auf jedem dieser urinösen Trips suchte ich nach Spuren von Myers, McGovern und Ted Mann, aber die unheilige Dreifaltigkeit schien sich in der dünnen Luft, die in den prallvollen Innereien vom Monkey's Paw überlebt hatte, aufgelöst zu haben. Bei den Spritztouren fiel mir immer wieder ein Männlein auf, ein kleines, drahtiges, hibbeliges Wesen, das unter den Kunden des Paw kleine Päckchen in Alufolie verteilte. Dieser Händler der Herrentoilette war das besagte Wiesel. Das von ihm unters Volk gebrachte Produkt war als Wieselstaub bekannt. Ich hatte es noch nie probiert und war auch nicht unbedingt scharf darauf. Ich hatte keine Lust, wie McGovern, Myers und Ted Mann spurlos zu verschwinden.

»Es gibt kaum etwas Schlimmeres im Leben, als jemandem so fern zu sein, dem man so nahe war«, sagte Judy in jenem Stadium der Betrunkenheit, in dem man immer die Wahrheit sagt. »Das letzte Mal, wo ich vor dir mit einem Mann geschlafen habe, ist fünf Jahre her. Am Tag darauf ist Tim nach Vietnam gegangen.«

»Und der Traum war ausgeträumt«, sagte ich.

»Oh nein. Tim und ich haben den Traum nie aufgegeben. Wir tragen einander im Herzen. Deswegen trage ich auch sein kleines silbernes Flugzeug am Herzen.«

Sie wand das Kettchen um einen Finger und ließ das kleine Flugzeug in dem herrlichen, feucht schimmernden Tal zwischen ihren Brüsten ein paar saubere Loopings drehen. Wenn ein winziger Pilot an Bord war, bekam der ganz schön was zu sehen.

»Tim und ich liebten uns schon an der High-School…«

»Ich hab im schwulen Männerchor gesungen…«

»Und irgendwie lieben wir uns immer noch wie an der High-School«, sagte sie und beachtete mich wie auch alle anderen Anwesenden nicht weiter. »Es war wie bei Romeo und Julia. Unsere Eltern waren dagegen. Er war meine erste große Liebe, und er ist bestimmt auch meine letzte. Das war schon immer so. Tim und ich gegen den Rest der Welt.«

»Gute Karten.«

Vielleicht hatte ich zu viel getrunken, aber je mehr sie redete, desto weniger verstand ich, wo ich ins Spiel kam. Langsam fragte ich mich sogar, ob unser kleines Love-in letzte Nacht auf Ratsos Sofa überhaupt stattgefunden hatte. Nur gut, dass ich Zeugen hatte.

»Das Gerede letzte Nacht schieben wir am besten aufs Konto der peruanischen Marschverpflegung«, sagte ich. »Ich schmink mir dich als meine offizielle BTA wohl lieber ab.«

»Was ist eine BTA?«, fragte sie halbherzig. Der anderen Hälfte war offenbar überhaupt alles scheißegal.

»Beischlaftechnische Assistentin«, sagte ich.

Judy lächelte nicht einmal.

»Damit erreichst du nichts«, sagte sie mit dem ungerührten Gesicht einer Porzellanmaske. »Aber es erinnert mich an die Leute, die bei Kriegsende alle den letzten Helikopter erreichen wollten.«

Mathe war noch nie meine Stärke, und im Moment war ich ohnehin so high, dass ich eine Trittleiter brauchte, um mich am Hintern zu kratzen, aber ich stellte mir einen großen Abakus vor und schaffte ein bisschen Kopfrechnen. Tim war vor rund fünf Jahren als Marinepilot nach Vietnam gegangen. Der Krieg war vor grob geschätzt drei Jahren aus gewesen. Tim war also kaum zum Fliegen gekommen. Fragen wie »Und wo ist Tim jetzt?« oder »Was ist aus Tim geworden?« lagen mir auf der Zunge, aber ich schluckte sie runter. Stattdessen zündete ich mir die Zigarre an, paffte vor mich hin und wartete. Es war alles einerlei.

»Tim ist bei einem von Nixons Weihnachtsbombardements abgeschossen worden. Das Flugzeug ist in ein Reisfeld gestürzt, und über zwei Jahre lang wurde er als vermisst geführt. Vor sechs Monaten hat man dann das Flugzeug geborgen, seine Leiche identifiziert und nach North Carolina zurückgeschickt. Er ist mit vollen militärischen Ehren bestattet worden. Für seine Eltern war ich bei der Beerdigung nichts als Luft. Ich hatte das Gefühl, sie würden mir die Schuld an seinem Tod geben. Ich bin noch am selben Tag nach New York gezogen. Da wär ich nun also und sitze betrunken im Monkey's Paw.«

»Es gibt Schlimmeres.«

»Was soll denn schlimmer sein als das Monkey's Paw?«

»Die Herrentoilette vom Monkey's Paw.«

»Es ist wirklich komisch«, sagte Judy, streichelte wieder das kleine Flugzeug und starrte in einen unsichtbaren Himmel hinauf, »aber seit einem halben Jahr gebe auch ich mir die Schuld an seinem Tod.«

»Das ist zwar normal, aber unbegründet«, sagte ich. »Schuldzuweisungen sollte man Gott und kleinen Kindern überlassen. Du hast den Krieg nicht angefangen.

Du bist weder für die Verwüstungen dort noch für die ewigen Albträume hier verantwortlich. Der Krieg ist in einem Edelrestaurant namens Nate and Al's in Beverly Hills ausgebrochen. An Tisch sieben, wo sich Jackie Mason und Marty Allen darüber gestritten haben, wie man ›Kreplach‹ ausspricht und zubereitet. John Wayne und Jane Fonda haben das zufällig mitbekommen, Partei ergriffen, und von da an lief die Sache aus dem Ruder.«

»Aber ich war es, der ihn hat gehen lassen«, sagte sie.

»Man muss auch loslassen können. Schenk ihnen Flügel und lass sie fliegen. Manchmal kommen sie zurück. Manchmal nicht.«

»Manchmal kommen sie in einem Sack zurück.«

Ich legte einen Arm um Judy und drückte sie an mich. Ein braunes Auge vergoss eine kleine Träne für ein armes Schwein, das in weiter Ferne vom Himmel gefallen war, nur wenige Tage bevor alle anderen heil nach Hause konnten. Für einen solchen Verlust gibt es keinen Trost. Man kann sich noch so viel Mühe geben, eine Seele lässt sich nicht behüten und vor Kummer bewahren. Man kann nur das große Mädchen im Monkey's Paw auf dem Barhocker neben einem in den Arm nehmen. Man kann sie auch in den anderen Arm nehmen und versuchen, sie festzuhalten. Aber sie wird immer vergeben sein. Sie war nicht zu halten. Es war, als versuchte man, den letzten Helikopter zu erreichen, den man aber nie erwischen würde.

10

Auf der Seventh Avenue hielt ich ein Taxi an und schob Judy da hinein. Wir winkten uns nach, als das Taxi wie eine Silvesterrakete in den Verkehr davonschoss. Ich selbst hatte es nicht so eilig und ging deshalb noch ein bisschen durchs Village. Wenn man kein Zuhause hat, sagte ich mir, dann braucht man kein Taxi, dann kann man auch zu Fuß gehen. Ich hatte allerdings nicht nur kein Zuhause. Ich hatte auch keine nennenswerte berufliche Zukunft. Nur eine unerbittliche Reihe von Konzerten am Sonntagabend im Lone Star Café, mit denen ich knapp meinen Bedarf an peruanischer Marschverpflegung decken konnte. Ich war nur darum kein durch die Lüfte wirbelnder Geist, zugeballert mit Wieselstaub, weil ich nicht wusste, wie das Wiesel wirklich hieß, und es machte auch nicht den Eindruck, als verteilte es Gratisproben. Ich hatte nicht nur kein Zuhause und keine berufliche Zukunft, ich hatte auch kein Geld. Und als wäre das nicht genug, hatte ich nach der mit Judy im Paw verbrachten Nacht auch immer weniger den Eindruck, eine beischlaftechnische Assistentin zu haben.

Alles in allem kam ich mir daher beim Cruisen auf der Christopher Street reichlich christusmäßig vor. Vor einer der dortigen Lederbars zog mein Cowboyfummel noch mehr Blicke auf sich als sonst. Wie Jesus hatte ich weder Heim noch Frau noch Arbeit. Und wie Jesus war ich ein klapperdürrer Jude, der durch die Lande zog und Leute nervte. Eigentlich konnte ich mich nicht beklagen.

Als die Nacht kälter wurde und die Straßen dunkler, wurden auch meine Gedanken kälter und dunkler. Irgendwo da oben waren jede Menge Tims, sagte ich mir, die sich unabsichtlich auf den Weg über einen frühreifen Regenbogen gemacht hatten und lange vor ihrer Zeit zu Jesus gegangen waren. Und irgendwo hier unten waren jede Menge Judys, die zu einem langen, lästigen und lieblosen Halbleben auf diesem kläglichen und kriegsmüden Erdkreis verurteilt waren. Um der Wahrheit die Ehre zu geben, war ich eine Judy, die sich danach sehnte, ein Tim zu sein. Auch ich hatte vor kurzer Zeit jemanden verloren. Sie war das schönste Mädchen auf der Welt gewesen und hatte eine Blume im Haar getragen. Bei hundertfünfzig Sachen hatte sie die Windschutzscheibe ihres Ferrari geküsst und war direkt zum *Jesus of her choosin'* gegangen, ohne noch einmal über Los zu gehen und ohne zweihundert Fantastillionen Dollar einzuziehen. Sie war ein armes kleines reiches Mädchen aus Vancouver gewesen. Sie war mit nur siebenundzwanzig Jahren gestorben. Ich war bei ihrem Tod weit fort gewesen, hatte mir aber genauso die Schuld gegeben, wie sich Judy die Schuld am Verlust ihres jungen Fliegers gab. Judy hatte ihr kleines silbernes Flugzeug. Ich hatte meinen kleinen Schnappschuss mit Kacey als Kind an der Hand ihres Vaters Jake the Snake. Das Bild war auf einem kleinen Flughafen irgendwo in Kanada aufgenommen worden. Die kleinen Flugzeuge auf der Startbahn, die Autos auf dem Parkplatz, die Kleider, die sie trugen, und ihr unbekümmertes Lächeln, all das sprach von den verwunschenen Fünfzigerjahren. Alles andere auf dem Foto sprach von Viertel nach Mitternacht im Himmel. Natürlich werde ich über Kacey hinwegkommen. Der Tag wird kommen, klar doch. Am Tag, an dem Judy über Tim wegkommt. Am Tag, an dem sie die Berliner Mauer abreißen. Am Tag, an dem die New York

Rangers den Stanley Cup gewinnen. Früher oder später muss man es sich eingestehen. Es gibt allerdings auch Sachen, über die man nie wegkommt. Bestenfalls darf man hoffen, eines Tages von dem kleinen Flughafen wegzukommen.

»Verfluchtes Sackgesicht!«, schrie jemand hinter mir. »Was zum Teufel fällt Ihnen denn ein?«

Ich wurde unsanft aus meinen Träumereien gerissen. Als ich mich umsah, stürmte gerade ein gepflegter und äußerst muskulöser junger Mann wie eine menschliche Dampframme direkt auf mich zu. Im letzten Moment schwenkte er ab und baute sich vor einem rundlichen jungen Streifencop auf, der eifrig ein Strafmandat ausfüllte.

»Was ist denn das für 'ne Frage?«, fragte der Cop zurück. »Ich stell Ihnen ein Strafmandat aus, Sie Rindvieh.«

»Scheiße, Mann, es ist ein Uhr!«

»Scheiße, Mann, das ist immer noch ein Hydrant.«

Auf dem Gehweg sammelte sich ein Grüppchen von Gammlern, die teilweise offenkundig bedröhnt waren. Manch anderer schien nur unter homosexuellen Absencen zu leiden. Dieser Schmalspurstreit hier war besser als gar kein Spaß. Ich musste zugeben, dass ich besser in der Menge aufging, als mir lieb war. Die kriegführenden Parteien merkten plötzlich, dass sie vor Publikum spielten, und verliehen ihren Invektiven daher noch mehr Schliff.

»Schau sich einer das an«, sagte der junge Mann. »So, wie Ihr Ledergürtel glänzt, können Sie die Polizeischule doch gerade erst abgeschlossen haben.«

»Gerade rechtzeitig, um Ihnen ein Strafmandat auszustellen«, sagte der Cop und machte großes Gewese darum, das Nummernschild zu prüfen.

»Passen Sie auf, ähm … Cooperman. Ist das richtig? Cooperman?«

»Haargenau, Freundchen«, sagte der Cop mit sardonischem Grinsen. »Den Namen schreib ich auf Ihr Strafmandat.«

»Hören Sie mal, Cooperman, Sie sind ein Rotarsch. Sie dürfen so ’ne Bagatelle nicht so eng sehen, sonst bringen Sie’s nie zum Detective. Dann können Sie die nächsten zwanzig Jahre lang Falschparkern Knöllchen verpassen.«

»Dann ist das hier doch ein guter Anfang«, sagte Cooperman, drückte dem Mann den Strafzettel in die Hand und zwinkerte den Umstehenden zu. »Da haben Sie ihn, Mann.«

Die Schaulustigen verloren sich, und der junge Mann stand am Bordstein und las den Strafzettel durch. Irgendwie fühlte ich mich von ihm angezogen.

»Dumm gelaufen«, sagte ich. »Das hätte ja fast Zunder gegeben.«

»Der Fettsack hat sich auf dünnes Eis begeben«, sagte er. »Aber das war noch gar nichts. In New York fällt so was unter freundliches Geplänkel mit einem Cop.«

Ich stellte mich vor und lud ihn ein, am Sonntagabend mal im Lone Star vorbeizuschauen. Mal sehen, meinte er. Er sagte, er heiße Rambam. Steve Rambam. Und er besuche die Talmudschule.

»Wie buchstabiert sich der Name?«, fragte ich.

»Wie du willst«, sagte er.

»Komischer Name«, sagte ich.

»Kinky auch«, sagte Rambam. »Mit dem großen schwarzen Hut musst du ein Cowboy oder eine Schwuchtel sein. Du bist doch *Cowboy*, oder?«

»Und wie«, sagte ich. *»I’ve been ridin’ through the desert on a horse with no legs.* Viel Glück, Rambam.«

Rambam tätschelte die Kofferraumklappe des Wagens. Grinsend ging er nach vorn und öffnete die Fahrertür.

»Hatt ich schon«, sagte er. »Der blöde Cop wollte nicht den Kofferraum sehen.«

»Was hast du denn da drin?«

»Einen toten Nazi.«

11

»Okay, Sherlock«, sagte Ratso am nächsten Nachmittag, »deine Vermutungen in Bezug auf Judy waren richtig, und meine waren …«

»Völlig grotesk.«

»Na, sagen wir, ›von den Tatsachen nicht gedeckt‹. Aber ich muss zugeben, deine kleine Vorführung in Sachen deduktivem Räsonieren, von wegen kleines Flugzeug, Kriegsende, intensiver Orgasmus und falscher Name …«

»Es war nicht der falsche Name. Es war bloß nicht *mein* Name.«

»Ach komm, normalerweise schreit man den Namen von dem, mit dem man gerade vögelt.«

»Normalerweise starrt man auch nicht zu einem Eisbärenkopf hoch, während Typen wie Tom Baker und du ums Bett rumstehen und einen anfeuern.«

»Ich mein ja bloß, falls du je erwachsen wirst, könntest du dich zu einem echt guten Privatdetektiv mausern, Sherlock.«

»Danke für die Blumen, Ratso.«

»Aber gib deinen Hauptberuf nicht auf.«

»Ich habe keinen Hauptberuf.«

»'tschuldigung. Hab ich vergessen. Ich mein ja bloß, du wärst ein prima Schlapphut, Kinkstah.«

»In der Wohnung hier macht auch alles schlapp. Ich brauch dringend 'ne eigene Bleibe.«

»Phil Ochs und Michael Bloomfield haben sich nie beschwert.«

»Die sind auch tot, Ratso.«

»Gib nicht dem Scheißsofa die Schuld.«

»Ich geb nicht dem Scheißsofa die Schuld. Ich geb der Scheißwelt die Schuld. Und am meisten Schuld geb ich dir, weil du mich in dieses verdammte Gespräch verwickelt hast.«

Ein paar Augenblicke herrschte mürrisches Schweigen in der klaustrophoben kleinen Wohnung. Dann beschlossen Ratso und ich wie ein durchgeknalltes Paar bei der Versöhnung, in Chinatown zusammen zu Mittag zu essen.

»Big Wong's, Kinkstah!«, rief Ratso. »Schwein vom Grill!«, Ratso sprach »Schwein« immer wie »Schwan« aus, was mich jedesmal nervte, aber diesmal ließ ich es ihm durchgehen. Die gute chinesische Küche hält das jüdische Volk schon seit Tausenden von Jahren zusammen.

Es ist unklar, wer von uns Big Wong's, 67 Mott Street, zuerst entdeckt hat. Klar ist nur, dass Ratso und ich die Stäbchen dort oft und geschickt genug handhaben, dass unsere Fertigkeit für einen langen Strickschal reichen würde. Nur dumm, dass genau so einer auch das Einzige gewesen wäre, was uns warm gehalten hätte, als wir jetzt die Canal Street nach Chinatown hochstiefelten.

»Meine Güte«, sagte Ratso und rieb sich die Hände wie eine Gottesanbeterin, »was machen die Penner und die Armen bloß, wenn es so kalt wird?«

»Da bin ich überfragt«, sagte ich. »Ich wohne auf deinem Sofa.«

Wir bogen nach rechts in die Mott ab und waren kurz darauf in der angenehmen Wärme von Big Wong's. Als wir eintraten, riefen die Kellner und Aushilfskräfte unisono ihre rituelle Begrüßung: »Ooooh-laah-laah! Oooh-laah-laah! Kee-Kee! Chee-Chee!«, Das Letzte waren offenkundig Koseworte für Ratso und mich.

»Im Ernst, Kinkstah!«, sagte Ratso, nachdem man uns an einen Tisch gelotst hatte. »Du hast einen ungeheuer komplexen Verstand. Du solltest dir wirklich überlegen, Detektiv zu werden.«

»Da brauch ich erst mal was zu detektieren.«

»Wie wär's mit der Speisekarte?«, fragte Ratso. »Auf dem Tisch kann ich nämlich keine finden.«

Wir bestellten Unmengen von Essen, und nachdem wir die ganze Schriftenrolle durchhatten, bestand Ratso wie immer auf seiner doppelten Portion Schwein vom Grill mit Rührei.

»Kein Schwan vom Grill!«, sagte der Kellner.

»Kein Schwan vom Grill!«, sagte Ratso in heftigstem Aufruhr.

»Kein Schwan vom Grill!«, bestätigte der Kellner.

»Das kommt davon, wenn man nachmittags um vier frühstückt«, sagte ich zu Ratso.

Wie ich in der Vergangenheit schon hatte feststellen können, war das Schwein vom Grill im Big Wong's dermaßen Killerbiene, dass es oft als Erstes aus war. Uninteressanter war da schon, dass des Kellners chinesische Aussprache von »Schwein« genauso klang wie Ratsos New Yorker Version. Die Welt war doch ein Sofa.

»Kein Schwein vom Grill«, murmelte Ratso, nachdem der Kellner gegangen war. »Ich glaub, ich träume.«

»Kneif dich doch«, sagte ich.

Nach dem Essen rülpste Ratso in traditioneller Anerkennung der Mahlzeit wie ein Eskimo, und dann gingen wir wieder die Mott bis zur Canal hoch, bogen nach links ab und stiefelten einen Block weiter die farbenfrohe Mulberry Street in Little Italy entlang. Vor Louie und Johnnys kleinem Laden neben Luna's Restaurant blieben wir stehen. Neben allerlei Nippes stand eine große Elvisbüste im Schaufenster.

»Ich wusste gar nicht, dass Elvis aus Italien war«, sagte ich, während wir auf dem Gehweg herumstanden.

»War er auch nicht«, sagte Ratso. »Mütterlicherseits war er Jude, also für Hitler ausreichend jüdisch und für mich auch.«

»Okay. Wenn er Jude war, wo hat die Bar-Mizwa stattgefunden, wie hieß der Rabbiner, und wer hat den Partyservice übernommen?«

»Was gibt's denn da zu lachen? Die Familie seiner Mutter hat ihr Judentum immer geheim gehalten, was im tiefen Süden nicht weiter ungewöhnlich war …«

»Da wüsste ich noch ein paar Weltgegenden …«

»… weil in Biloxi keiner das Wort ›Schmock‹ aussprechen konnte.«

»Kulturelle Deprivation.«

»Sein Bruder hieß immerhin Aaron, beide haben einen Davidsstern auf dem Grabstein, und beide Söhne standen ihrer Mutter sehr nahe.«

»Damit ist der Fall klar«, sagte ich. »Ganz zu schweigen von der unbestreitbaren Tatsache, dass die berühmten feurigen und funkelnden schwarzen Augen von Elvis bei genauem Hinsehen unheimliche Ähnlichkeit mit denen von Anne Frank aufweisen.«

»Du hast Recht, Kinkstah! Das ist mir noch gar nicht aufgefallen.«

»Dafür hat Gott dich ja auch bestraft und dir das genommen, was du auf Erden am meisten liebst – Schwein vom Grill.«

»Gut möglich«, sagte Ratso. Wir gingen in den Laden.

»He, Gene Autry!«, rief Louie hinter dem überladenen Verkaufstisch hervor. »Wo hast du deinen Gaul gelassen?«

»Der ist hinten und nagelt Trigger«, sagte ich. »Ist ein homosexuelles Pferd.«

»Dann ist er hier ja in der richtigen Stadt«, sagte Johnny.

Obwohl Tom Baker es sich zur Aufgabe gemacht hatte, mir die Ärmel aufzukrempeln, weil ich immer so »esoterische billige« Zigaretten rauchte, kaufte ich ein Päckchen Players und zwei Zigarren.

»Die Zigaretten bringen dich noch um«, sagte Ratso.

»Na und?«, sagte Louie. »Seine Zigarren bringen alle anderen um.«

»Dann bin ich fein raus«, sagte ich.

Kurz darauf waren wir wieder auf der Mulberry Street, und als ich mir die eine Zigarre anzündete, schnorrte Ratso blitzschnell die andere. Wir gingen nebeneinander her, pafften die Zigarren und sahen völlig sorgenfrei dem Rauch hinterher, der sich in den eng umgrenzten Himmel über New York emporkräuselte, begleitet von der blechernen ewigen italienischen Straßenmusik. Damals wäre mir nicht im Traum eingefallen, dass aus Ratsos Scherz, ich solle Detektiv werden, schon bald Ernst werden sollte. Auch war mir damals nicht bewusst, dass ein kalter, finsterer Gesell skrupellos Pläne schmiedete, mich und alle anderen viel schneller umzubringen, als Zigaretten und Zigarren das je schaffen konnten.

12

»Komisch«, sagte Ratso, als wir abends wieder in seiner Wohnung waren.

»Was ist komisch?«, fragte ich. »Hast du Mahatma Gandhi beim Kloputzen erwischt?«

»Auf dem Anrufbeantworter sind drei Nachrichten.«

»Wirklich komisch. Ich wusste gar nicht, dass du überhaupt drei Freunde hast.«

»Eine ist von George Metesky. Eine von Jimmy Carter. Und eine von jemandem namens Barry Freed.«

»Wer ist Jimmy Carter?«

»Gar nicht lustig, Kinkstah. Also, jedesmal ein anderer Name, aber jedesmal dieselbe Stimme. Eine tiefe, raue, heisere Stimme, aber sie kommt mir bekannt vor.«

»Vielleicht Tom Waits.«

»Vielleicht der ideale Anlass, deine Schnüffelnase auf Vordermann zu bringen. Hör's dir doch mal an.«

Ich paffte den aufgeweichten Hundekot, der einst eine Zigarre gewesen war, und hörte Ratsos Anrufbeantworter ab. Es stimmte, der Anrufer versuchte zwar eindeutig, seine Stimme zu verstellen, aber auch mir kam sie bekannt vor. Es stimmte auch, dass es Spaß machte, für Ratsos farbenprächtigen, manchmal drögen, aber immer gutherzigen Dr. Watson den modernen Sherlock Holmes abzugeben. Wir wären ein klasse Team. Es brauchte nur noch einen Gegner. Wenn ich nicht ganz falsch lag, war der aber schon im Anmarsch.

»*Play it again, Sam*«, sagte ich und wurde langsam neugierig. Ratso spielte die Anrufe noch einmal ab.

»Ich sag dir, Sherlock, ich kenn die Stimme. Ich weiß genau, dass ich die schon mal gehört hab.«

»Hast du auch, Watson. Wir haben das Band ja schon dreimal abgehört.«

»Vorher«, sagte Ratso gereizt.

»Lass deine Gedanken zurückschweifen, Watson. Präsident Carter ruft wohl kaum regelmäßig hier an. Sagen dir die beiden anderen Namen was?«

»Von dem letzten, Barry Freed, hab ich noch nie gehört. Aber wer George Metesky ist, weiß ich.«

»Möchtest du nicht deinen lieben Klassenkameraden davon erzählen?«

»Ich hab mich ein paarmal mit Metesky unterhalten. Das war nicht seine Stimme.«

»Gewiss, mein guter Watson. Aber wer *ist* Metesky?«

»George Metesky wurde ›der verrückte Bomber von New York‹ genannt. Hat in den Fünfzigern fürs Elektrizitätswerk gearbeitet, und als die ihn gefeuert haben, hat er angefangen, in ihren Kraftwerken Bomben zu legen. Hat den Leuten eine Heidenangst eingejagt. Am Ende ist er geschnappt worden und ein paar Jahre in den Knast gewandert. Vor ein paar Jahren ist er wieder rausgekommen und wohnt heute bei seiner Mutter in Connecticut.«

»Und so einen *kennst* du?«

»Ja. Der Typ war ein Original. Hat eigentlich niemandem je ein Haar gekrümmt. Im Underground und bei den Yippies und so war er so was wie ein Volksheld. Soll ich ihn mal einladen?«

»Bei dir sieht's eh aus, als wär er schon mal da gewesen. Ist doch irgendwie komisch, dass der Anrufer keinen von uns beim Namen nennt, sondern immer nur von ›ihr Jungs‹ spricht. Woher weiß der überhaupt, dass ich bei dir pofe?«

»Vielleicht spioniert er uns nach.«

»Machen wir uns mal ans deduktive Räsonieren. Der geheimnisvolle Anrufer weiß, wo du wohnst, er weiß, dass ich bei dir wohne und wer George Metesky ist, und im Grunde seines Herzens ist er ein Schelm. Seine Stimme kommt uns bekannt vor, obwohl er sie verstellt. Wir haben ihn zwar seit Ewigkeiten nicht gesehen, aber wir kennen ihn beide. Ich vermute daher, dass Barry Freed, der letzte angegebene Name, das Pseudonym ist, unter dem er gegenwärtig agiert…«

»Abbie Hoffman!«

»Ei gewiss, mein guter Watson. Wir dürfen uns jetzt also nur nicht von der Stelle rühren, und ich müsste mich sehr irren, wenn unser verschollener Freund aus dem Underground nicht schon bald hier in der Prince Street auf der Bildfläche erscheint.«

»Aber er hat sich seit über einem Jahr bei niemandem mehr gemeldet. Es heißt, die Bundesbullen machen echt Druck, um ihn endlich einzubuchten.«

»Noch ein guter Grund für mich, hier endlich auszuziehen.«

»Ein guter Grund *für mich,* hier auszuziehen. Was machen wir jetzt, Sherlock?«

»Wir warten auf Barry Freed. Und jetzt, guter Watson, reich mir doch bitte meine Kanüle vom Kaminsims.«

13

Lieber Abbie, dachte ich und paffte eine Players, wo steckst du heute Abend? Es hatte tatsächlich den Anschein, als würden wir das bald erfahren. Ich dachte kurz an meine erste Begegnung mit Abbie zurück. Das war im Chelsea Hotel gewesen, Zimmer 1010 – Janis Joplins altes Zimmer. Es musste vor etwa fünf Jahren gewesen sein, also im Winter 74, kurz bevor Abbie auf der Flucht vor der Regierung der Vereinigten Staaten von Amerika in den Untergrund gegangen war. Abbie hatte mich aus Texas nach New York eingeladen, damit ich bei seiner Abschiedsvorstellung im Village Gate auftrat. Ich wusste damals nur nicht, dass es eine Abschiedsvorstellung werden würde. Ich wusste auch nicht, dass der Höhepunkt des Abends eine Filmvorführung seiner kurz zuvor erfolgten Sterilisierung werden würde. Die Show war aber glatt über die Bühne gegangen, ohne die üblichen Rangeleien der Musiker über die Reihenfolge der Auftritte.

Er hatte schon damals, an jenem ersten Abend im Chelsea, gejagt und gehetzt gewirkt, und seine dunklen Augen waren wie die eines gequälten, hellsichtigen Clowns ruhelos umhergehuscht. In den seither vergangenen fünf Jahren hatte er sich mindestens drei Mal für längere Zeit bei mir versteckt, erst auf unserer Ranch in Texas, dann in meiner Wohnung in Malibu und schließlich in der King Street in Chappaqua, New York. Wo er sich den Rest seiner Zeit im Untergrund über aufgehalten hatte, war mir so schleierhaft wie dem Rest der Welt.

Die Information, dass die Suche nach ihm verstärkt worden war, verbunden mit meiner Vermutung, dass er in der Stadt war und Ratso und mir schon bald einen Besuch abstatten würde, ließ für Abbie nichts Gutes erhoffen, sagte ich mir. Schon als er bei mir abgetaucht war, hatte er das Weglaufen satt gehabt. Vielleicht hatte er allmählich das Ende seiner revolutionären Fahnenstange erreicht.

»Kinkela«, hatte er damals im Chelsea zu mir gesagt, »ich freu mich, dass du beim Konzert mitmachst. Versprichst du mir, dass du als Letztes *Ride 'em Jewboy* singst?«

»Ich weiß nicht«, hatte ich gesagt. »Das ist ein trauriger Begräbnissong über den Holocaust und die Diaspora. Damit schickt man die Leute nicht gerade mopsfidel nach Hause. Ich finde, das ist nicht der richtige Schlusssong.«

»Das ist nicht der richtige Song«, hatte er gesagt. »Das ist der ideale Song.«

Abbie war vorgeblich wegen Drogenbesitz angeklagt worden. In Wirklichkeit suchten ihn die Regierungsagenten aus ganz anderen Gründen, unter anderem dem, das Leben auf diesem Planeten nicht so ernst zu nehmen, wie es sich ihrer Meinung nach gehörte. Bei dem Konzert in New York war er auf Kaution draußen gewesen. Mit den letzten Akkorden von *Ride 'em Jewboy* verwehte auch Abbie in der Nacht.

Meine Überlegungen wurden plötzlich vom Summen einer gigantischen radioaktiven Biene gestört, das ich jedoch schnell als das unglaublich laute Summen von Ratsos Sprechanlage erkannte.

»Mich dünkt, wir haben einen Besucher, Watson«, sagte ich und erhob mich vom Sofa.

»Was ist, wenn sein Telefon abgehört wird?«, fragte Ratso, von einer plötzlichen Angst umweht. »Was ist, wenn sie wissen, dass er herkommt, und uns dann alle zusammen hopsnehmen?«

»Ja, kennst du denn nicht das Buch *Wie ich mich bei Vergewaltigungen im Gefängnis positiv einbringe?*«

Wieder ertönte der Summer, laut, lang und bedrohlich. Ratso stand an der Sprechanlage, reglos und bleich wie eine Jungfrau Maria aus Gips.

»Entweder drückst du auf den Knopf und fragst, wer da ist«, sagte ich, »oder ich besorge mir auf der Stelle eine sehr große Fliegenklatsche, damit dieses Summen ein Ende hat.«

Ratso drückte auf den Knopf.

»Wer ist da?«, flüsterte er schuldbewusst.

»*FBI!*«, schrie jemand. »*Sofort aufmachen!*«

14

Ratso sprang von der Sprechanlage zur Seite, als hätte man ihn gebeten, die Rechnung zu bezahlen. Ich muss zugeben, dass auch ich erschrak. Aber ich fand meine Selbstbeherrschung doch so schnell wieder, dass ich einem schlotternden Ratso zureden konnte, noch einmal auf den Knopf zu drücken, um sich erneut nach der Identität unseres geheimnisvollen Besuchers zu erkundigen.

»Wer ist da?«, fragte Ratso, diesmal energischer.

Deutlich wahrnehmbar drang Abbie Hoffmans einzigartiges Keckern durch die Sprechanlage. Er war ein wunderbarer, liebenswürdiger und vielseitiger Mensch, wobei die ausgeprägteste seiner vielen Begabungen vielleicht die angeborene Fähigkeit war, die Komödie des Lebens voll auszuleben. Seit fünf Jahren war er auf der Flucht, und immer noch saß ihm der Schalk im Nacken. Dabei hatte er genug Nackenschläge einstecken müssen.

»Wer ist da?«, fragte Ratso wieder.

»Barry Freed«, sagte Abbie. »Lasst mich rein, oder ich verderbe eure Jugend, bumse eure Töchter und verbreite Anarchie auf euren Straßen.«

»Lass ihn lieber rein«, sagte ich.

Ratso holte tief Luft und drückte auf den anderen Knopf der Anlage, denjenigen, der die Haustür öffnete. Wir lauschten dem Surren und hörten die Tür aufgehen. Wie viele Türen gingen doch in dieser Welt auf und zu, dachte ich. Wie viele Menschen verschwanden doch aus unserem Leben und traten durch unsichtbare Türen. Und immer hoffen wir: *When the Lord closes the door, He opens a little window.*

Wir warteten.

Kurz darauf hörten wir die Fahrstuhltür aufgehen, Schritte im Gang, das seltsame, nächtliche, rabenartige Pochen sachte von der Türe her. Ratso machte sich an das umständliche Aufschließen, Aufsperren und Aufriegeln der Tür zu seiner Wohnung voller persönlicher Schätze, unter denen sich nichts befand, was außer ihm irgendjemand auf der weiten Welt hätte begehren können. Dann sahen wir Abbie Hoffman, der aus der Kälte kam.

»Herr im Himmel«, sagte er, »das ist die irrste Balzlaube, die ich seit dem *Summer of Love* gesehen hab.«

»Die Putzfrau ist entschlafen«, sagte ich.

»Rat! Kinkela!«, sagte Abbie und umarmte uns nacheinander. »Ihr Jungs habt mir gefehlt. Nie ruft ihr an. Nie schreibt ihr mal.«

»Hätten wir vielleicht, wenn wir gewusst hätten, wo du steckst«, sagte Ratso.

»Die meiste Zeit wusste ich selber nicht, wo ich stecke. Jedesmal, wenn ich mich halbwegs sicher gefühlt hab, ist der lange Arm des Gesetzes herangeschwebt und hat mich fast an den Eiern gehabt. Ein aufreibendes Versteckspiel, das erst vorbei sein wird, wenn sie mich finden oder ich mich stelle, was ich aber nie tun werde.«

»Du kannst doch nicht ewig weglaufen, Abbie«, sagte Ratso, nahm Abbie den Mantel ab und lotste ihn sanft zum Sofa.

Abbie wirkte erschöpft wie ein Greis und zerbrechlich wie ein Kind. Er war angeschlagen, aber ungebeugt, abgerissen, aber aufrecht. Ihn umwehte ein Hauch des

Geistes von Lenny Bruce, Joe Hill und Tom Joad. Wie Jesus Christus bleibt er seiner Lehre treu, dachte ich launig, ein künftiger Märtyrer, der für die Sechziger sterben wird, weil er an sie glaubt.

»Abbie ist nicht da«, sagte Abbie. »Dieselben Typen, die Dillinger, Bonnie und Clyde und Pretty Boy Floyd erwischt haben, haben auch Abbie erwischt. Abbie ist tot.«

»Dann möchte er bestimmt auch nicht die übrig gebliebene Hälfte von dem Pastrami-Sandwich hier«, sagte Ratso, wohl um die Atmosphäre etwas aufzulockern.

»Abbie nicht«, sagte der. »Aber Barry Freed ist am Verhungern. Der bin ich jetzt nämlich. Barry Freed. Ich lebe im Staat New York, und ob ihr's glaubt oder nicht, ich engagiere mich in der Naturschutzbewegung. Ich bin dabei, den St. Lawrence River zu retten.«

»Versuch erst mal, dich selbst zu retten, Barry«, sagte ich.

»Das dürfte nicht so einfach sein«, sagte er. »Ich glaube, man ist mir hierher gefolgt.«

»Was?!«, rief Ratso und hätte fast das Pastrami-Sandwich fallen gelassen.

Der Mann, der sich Barry Freed nannte, kroch auf allen vieren ans Fenster und bedeutete Ratso und mir, uns nicht von der Stelle zu rühren. Im Schutz der Jungfrau Maria richtete er sich langsam auf, schmiegte sich an ihre protestunfähigen Gipsformen und spähte fatalistisch auf die Straße hinab.

»Da steht er«, sagte er. »Der Typ verfolgt mich schon länger. Bleibt vom Fenster weg!«

»Wie sieht er denn aus?«, fragte Ratso aufgeregt.

»Groß. Langes blondes Haar. Trägt eine alte Armyjacke.«

»Und was tut er gerade?«, fragte Ratso.

»Steht auf der anderen Straßenseite vor der Bäckerei«, sagte Abbie und linste vorsichtig über das Fensterbrett, »und tut so, als würde er ein Bagel essen. Sieht hier am Haus hoch.«

»Na toll«, sagte Ratso.

Mir war nicht klar, ob sich Abbies Beobachtungen des Mannes auf der Straße aus Präzision speisten oder nur einer Paranoia oder der Fantasie entsprangen. Um das herauszubekommen, musste ich ihn mir selber anschauen. Also kroch ich auf der kürzesten Verbindung zwischen den Bremsspuren und der Jungfrau Maria zum Fenster hin. Abbie starrte immer noch konzentriert auf die Straße, halb geduckt, halb wie ein zerlumpter Pilger hinter der Muttergottes verborgen.

»Abbie«, sagte ich.

»Barry«, zischte er. »Bleib unten! Ich will nicht, dass ihr beide da mit reingezogen werdet.«

»Dafür dürfte es ein bisschen zu spät sein, Barry. Lass gut sein und ruh dich erst mal auf dem Sofa aus. Ich übernehme den Posten auf dem Wachturm.«

Abbie schob sich langsam zurück, murrte dabei wie ein kleines Kind, ging aber brav zum Sofa, legte sich hin und verriet sich nur durch das kurze Seufzen eines Juden in den besten Jahren. Ich übernahm seine Position und sah hinab. Die Straße vor der Bäckerei war absolut menschenleer. Nirgends war jemand zu sehen, auf den Abbies Beschreibung auch nur annähernd zutraf.

»Scheiße, Mann, was mach ich bloß?«, sagte Abbie. »Ich kann hier nicht mehr weg.«

Unter diesen Umständen würde es niemandem großen Spaß machen wegzugehen. Abgesehen von der nüchternen, unbestreitbaren Tatsache, dass man, wie so oft im Leben, nirgends hingehen konnte.

Abbie starrte mich hilflos an. Ratso starrte mich hilflos an. Der Eisbärenkopf starrte mich hilflos an. Die Jungfrau Maria starrte mich hilflos an.

»Tu so, als würdest du ein Pastrami-Sandwich essen«, sagte ich.

15

Auf Hawaii, diesem geruhsamen, wunderschönen Eiland überwiegend braunhäutiger Menschen, gibt es nur weiße Tauben. In New York, diesem hektischen, verrückten Land überwiegend weißer Menschen gibt es fast ausschließlich dunkle Tauben. Während ich dies hier schreibe, ist noch ungeklärt, ob dieses wenig gefeierte und selten erforschte Phänomen auf jahrelange Evolution zurückgeht oder auf einen infantilen Streich, den das Jesuskindlein den Völkern der Welt in einer Art frühem Jugend-forscht-Projekt gespielt hat.

Wurde Abbie Hoffman wirklich beobachtet? Vielleicht musste die Frage ja eher lauten, ob irgendeiner von uns je wirklich beobachtet wurde. Es hat in meinem Leben nur zwei Gelegenheiten gegeben, bei denen ich sicher sein konnte, dass jede meiner Bewegungen registriert wurde. Es mag belanglos sein, aber bei beiden war Tom Baker beteiligt.

Die erste dieser Gelegenheiten hatte vor ein paar Jahren in Hollywood stattgefunden. Ich ging damals mit einem Mädchen namens Twink, trieb mich mit dem Bakerman und unserem fabelhaften, verrückten Freund Fox Harris herum und jagte gerade einen 1948er Hudson über die Überholspur. Ich trug damals eine hebräische Naturkrause, mit der ich wie Angela Davis aussah und mich auch so fühlte. Nur wenn ich aus einem meiner Powerschlummer aufwachte, reagierte ich gereizt auf meine Matte. Mein Schädel war dann immer an beiden Seiten abgeplattet und glich einer Rakete mit einer Bombenlast aus Schamhaaren. Erst später kam ich in den Besitz einer Bürste und eines Spiegels. Bis es aber so weit kam, war ich also dieses Szenarios der migrierenden Matte wegen nach dem Aufwachen verständlicherweise mürrisch gestimmt. Der Bakerman, von jeher ein Meister darin, anderen die Ärmel aufzukrempeln, missbrauchte meine dahingehende Sensibilität einmal schamlos, als ich eines linden Nachmittags in L. A. den Fehler machte, auf seinem Diwan wegzuratzen. Ich musste zermürbend und leicht homosexuell geträumt haben; als ich nämlich mit verklebten Augenlidern und diversen in meine jüdisch-reformierten Nebenhöhlen rinnenden Kokainrückständen aufwachte, war ich noch mürrischer als sonst. Ich begehrte definitiv weder Mann noch Weib, weder Kind noch Biest zu sehen oder von ihnen gesehen zu werden, bevor ich nicht die Lage an der Mattenfront geklärt hatte.

Als ich meine Guckerchen der kalifornischen Spätnachmittagssonne öffnete, sah ich mich einem ansehnlichen Live-Publikum gegenüber – dreißig bis vierzig Leuten –, das aber noch größer wirkte, weil es in fünf ordentlichen Klappstuhlreihen wie in einem Amphitheater vor mir saß. Alle hatten mich anscheinend beim Schlafen und Träumen beobachtet, und nun beobachteten sie konzentriert meine Haare. Baker sah dem verwegenen Billy Bigelow in *Karussell* ähnlich und servierte umständlich Drinks und kochte Kaffee – *keeping the customers satisfied.* Äußerst missmutig stand ich auf und stolperte, begleitet von spärlichem Applaus, zum Lokus rüber, wo ich mir das Gesicht mit kaltem Wasser wusch und die Matte richtete. Als ich zurückkam, schüttelte Baker den Leuten die Hand. Er verabschiedete gerade wie ein stolzer Vater nach einer Bar-Mizwa-Party die letzten Gäste. Dann ging er zu seiner alten Küchenanrichte mit dem Linoleumbelag und goss uns beiden in Whiskeybecher einen doppelten Tequila ein.

»Wo zum Teufel hast du denn so ein Matineepublikum aufgetrieben?«, fragte ich.

»Du hast es immer noch drauf, Pinky – ich meine Stinky, ich meine Finky, ich meine Dinky, ich meine Slinky –, nein, genau, ich meine *Kinky*«, sang er und reichte mir einen der Whiskeybecher. »Du ziehst immer noch die Massen an. Gut, mit den besten von denen könnte man auch ein ganzes Zimmer leer fegen. Wer, wenn nicht ich, wüsste das am besten. Schließlich bin ich ja der beste von denen.«

Da vertat sich der Bakerman durchaus nicht. Er konnte die Chemie einer Party, einer Theateraufführung, einer Menschenmenge auf der Straße, einer Beziehung zu einem Menschen oder einer Beziehung zwischen zwei Menschen, die auf einem New Yorker Sofa vögelten, radikal ändern und umgestalten. Letzteres war die zweite Gelegenheit gewesen, wo ich definitiv beobachtet worden war. Leider Gottes war es beide Male der Bakerman gewesen.

Falls der Bakerman also nicht Gott war – was übrigens nicht zweifelsfrei ausgeschlossen werden konnte –, hatte ich jetzt verdammt wenige Anhaltspunkte, dass ein höheres Wesen unsere verkorksten Züge auf den dunklen Feldern des Schachbretts unseres Lebens überwachte. Und deshalb verließ ich auch bald nach Abbies Auftauchen Ratsos Wohnung. Wie ein Vogel der Sechziger wollte ich raus aus dem verkommenen Käfig. Wie ein Adler oder wie eine Taube auf Hawaii unterflog ich etwaige Radarüberwachung, bereiste der Reihe nach die Sofas meiner Bekannten, kaufte in immer größeren Mengen Zigarren bei Village Cigars auf der Seventh Avenue, sniefte immer größere Mengen Wieselstaub im Monkey's Paw am Sheridan Square, lungerte mit meinem alten *Ramblin' Boy,* dem Bakerman, auf New Yorks Straßen und Gehwegen herum und kam schließlich, als ich der billigen Schwanzfedern der Siebziger angesichtig wurde, zu der traurigen Erkenntnis, dass der Vogel der Sechziger für immer ausgeflogen war.

Ich suchte mir eine Wohnung in der Vandam Street, einen sparsam möblierten Loft im ersten Stock eines alten, verfallenen Lagerhauses, das erst kürzlich in eine Kirche des Vermieters der Letzten Tage umgewandelt worden war. Hier fand ich eine neue Heimat. Schon bald wurde die Wohnung zum Gelegenheitsrefugium für Abbie, zum Hotel und Reha-Zentrum für den Bakerman und zu einem Ort, wo sich Judy ab und zu unter die gemeinen Geister mischen konnte. Meine anfängliche Paranoia, den rastlosen Abbie bei mir pofen zu sehen, wurde schon bald eins mit der nackten, allgegenwärtigen Paranoia der Zeit. Aber Abbie brachte Leben in die Bude, und Ratso flippte regelrecht aus, weil ihm der echte oder eingebildete Psychoterror der Bundesbullen zu schaffen machte. Mal abgesehen von Baker, der bei Judy und mir den Bärchengucker gespielt hatte, kannte keiner der dreiköpfigen Gelegenheitshauspest den anderen.

Eigentlich war es hier einsam. Man konnte auf dem rostigen Absatz der Feuerleiter stehen und hatte dann andere rostige Feuerleitern im Blick, rußige Ziegelmauern, Müllwagen, zweibeinige Ratten, kaputte Straßenlaternen und dunkelfarbige Tauben. Jede Menge nichts und wieder nichts. Man konnte sich auf eine blöde Orangenkiste setzen, das Gefühl haben, vom Rand der Welt runterzufallen, und sich mit denselben Augen, mit denen Marilyn Monroe immer das Bildchen von Abraham Lincoln auf ihrem Nachttisch betrachtet hatte, den Schnappschuss von Kacey als Kind auf dem Flughafen in Kanada ansehen. Aber Kacey hatte ihre letzte Windschutzscheibe geküsst, niemand saß mehr im Rang und masturbierte zu Marilyn, und Lincoln hatte wohl als Freimaurerpräsident das Zeitliche gesegnet, immerhin war er in einer Loge erschossen worden. Damit blieben nur die Kakerlaken und ich, wodurch es aber wenigstens nie Probleme gab, Gefolgschaft zu finden.

Eines Abends stand ich neben meiner kaputten Stehlampe, rauchte eine Zigarre und hörte meinen Haaren beim Wachsen zu, als ich endgültig ins Hintertreffen geriet. Aber das machte nichts. Da hinten traf man die interessantesten Leute.

16

»War das ein Schuss, oder hab ich einen Schuss?«, sagte Tom und kam verschlafen aus dem Schlafzimmer gestolpert.

»Wenn das kein Schuss war, dann muss Mama Cass einen fahren lassen haben«, sagte ich und ging schnell zum Fenster.

»Bleib vom Fenster weg!«

»Das hat Abbie auch gesagt, als er geglaubt hat, jemand wär ihm zu Ratso gefolgt.«

»Und jetzt sage *ich* es dir. Wenn ihm wer zu Ratso gefolgt ist, kann er ihm inzwischen auch hierher gefolgt sein. Es soll ja haufenweise Leute geben, die ihn liebend gern wegpusten würden. Also benutz deinen Kopf nicht nur als Hutständer. Wenn man auf der Straße einen Schuss hört, heißt die Devise ›Bleib vom Fenster weg‹.«

»Und wenn er jetzt auf der Straße liegt und verblutet?«

»Hat er denn gesagt, dass er heute Abend herkommen will?«

»Würde er nie tun. Der steht einfach plötzlich bei einem auf der Matte.«

»Dann waren es vielleicht bloß die üblichen Cowboys und Indianer«, sagte Baker und kroch zum Fenster. »Also, ich kann da draußen nichts erkennen. Leider können wir auch nicht die Bullen rufen, dafür liegt hier einfach zu viel von Irving Berlins *White Christmas* rum.«

»Ganz zu schweigen vom Wieselstaub«, sagte ich.

»Fragt sich bloß, ob im Wieselstaub überhaupt genug Kokain drin ist, um eingebuchtet zu werden.«

»Erzähl das mal meinem linken Nasenloch.«

Ein zweiter Schuss hallte durch die Schluchten der Vandam Street.

»Scheiße, Mann, was war das?«, sagte Tom.

Unmittelbar darauf hörte man direkt unter meinem Fenster im ersten Stock einen Schrei.

»Heiliger Bimbam!«, sagte Baker. »Da unten ist wirklich ein Cowboy! Der trägt genauso einen großen schwarzen Hut wie du.«

»Da kann mein Couturier aber was erleben«, sagte ich.

Ich näherte mich Bakers großer Gestalt am Fenster und spähte in die Dunkelheit der Vandam Street hinab. Der Anblick war nicht gerade dazu angetan, Frohsinn in jenen Seelen zu verbreiten, die Immobilien einen hohen Wert beimaßen. Allerdings haben Leute, die Immobilien einen hohen Wert beimessen, ohnehin so gut wie nie eine Seele. Eine Seele kann man nicht besitzen; man bekommt sie nur zur Miete, indem man sein Leben so weit in den Sand setzt, dass man den Zustand der von Nelson Algren so genannten »erworbenen Unschuld« erreicht, gleich einer Prostituierten, die ihr ganzes Geld ihrem Freund in die Hand drückt. Seele kann man aber auch bekommen, indem man einen halb durchgedrehten Abbie Hoffman in voller Rodeomontur in seinen Loft lässt.

»Wer ist denn das?«, sagte Baker. »Und was zum Geier will der?«

»Das ist Abbie Hoffman«, sagte ich.

»Sieht aus wie ein Matzenkloß mit Cowboyhut«, sagte der Bakerman, der die Situation plötzlich zum Totlachen fand. »Wir holen ihn lieber rein, bevor das hier zur Wiederholung von *Rauchende Colts* wird.«

Ich fand den Bakerman unter anderem deshalb so liebenswert, weil er keine Angst kannte. Er handelte stets mit unerschrockenem Leichtsinn, für ihn zählte nur Recht oder Unrecht. Beides teilte er in ungefähr gleichem Maße aus, um dann keinen weiteren Gedanken an die Folgen seines Tuns zu verschwenden. Ein hochsympathischer Wesenszug, solange man damit durchkam. Diesem klugen, zähen und begabten Glückspilz war das bislang immerhin gelungen. Bislang.

Ehe ich mich's versah, war er zur Tür hinaus und die Treppe hinab. Durchs Fenster sah ich, wie er Abbie in die Koppel trieb. Kurz darauf saßen beide sicher im Loft, und Abbie schleuderte frisbeegleich seinen Cowboyhut wütend und angewidert an die Wand.

»Der hat die Scheißverkleidung sofort durchschaut«, sagte er.

»Sehr erfreut, Abbie«, sagte Baker und folgte mit Blicken dem über den Boden eiernden Hut.

»Barry Freed«, sagte Abbie und gab Baker die Hand.

»Chuck Hitler«, sagte der Bakerman und zwinkerte mir übertrieben zu.

»Prima«, sagte ich, »nachdem sich nun alle bekannt gemacht haben: Was machen wir, wenn die Polizei kommt?«

»Wir sagen einfach, wir haben die Nase voll vom Koks«, sagte der Bakerman.

Gesagt, getan. Er sniefte eine Linie vom Küchentisch und bot dann Abbie eine an. Der lehnte dankend ab, was ich aber auch nicht anders erwartet hatte. Es hatte schon etwas leicht Paradoxes, dass man Abbie ausgerechnet wegen Kokainbesitz angeklagt hatte, einer Droge, die er nie zu sich nahm. Allerdings kiffte er. Weil er auch einem Drink nie abgeneigt war, bot ich ihm einen solchen an.

Der Jameson Irish Whiskey, den Kurt im Lone Star dereinst Cleve und mir ausgegeben hatte, war bei mir gut angekommen. Ich hatte mir neulich eine Flasche davon gekauft. Die öffnete ich jetzt und goss dann in drei angeschlagene und fleckige Sammeltassen, die gegenwärtig die Gesamtheit allen Porzellans im Loft ausmachten, jeweils einen Doppelten. Baker und ich prosteten Abbie zu.

»Auf die Sechziger«, sagte ich.

»Auf die Sechziger«, sagte Abbie. »Als die Drogen billig waren, die Liebe frei und die Musik super!«

»Hört, hört!«, sagte der Bakerman und zog eine Augenbraue hoch.

Wir kippten die Drinks. Nachdem ich uns schnell nachgeschenkt hatte, brachte ich den nächsten Toast aus.

»Auf die Siebziger«, sagte ich.

»Scheiß auf die Siebziger«, sagte Abbie.

»Darauf trink ich nicht«, sagte der Bakerman.

»Und warum nicht?«, fragte ich.

»Auf die ist schon geschissen.«

Dann stimmte Baker eine Art irisches Trinklied an. Der Refrain ging so: »Wir holen uns ein Hackebeil und klau'n dem Papst sein Seelenheil.« Vielleicht stammte das Lied ja aus Patrick Skys Album *Songs That Made America Famous,* konnte aber auch sein, dass es schon älter war. So gut kannte ich mich bei den Iren dann doch nicht aus. Ich kannte bloß den Bakerman, den Song »Kevin Barry« und den kürzlich aufgestellten Glaubenssatz, dass Jameson die Iren davon abhielt, die Weltherrschaft an sich zu reißen. Für einen Texas Jewboy war das keine schlechte Voraussetzung.

»Es war derselbe Typ«, sagte Abbie und warf einen Blick gen Fenster. »Derselbe Typ, der mir vor ein paar Wochen zu Ratso gefolgt ist. Der Arsch scheint nicht so schnell aufzugeben, das muss ich ihm lassen. Hätten ihm die Müllwagen nicht die Sicht versperrt, hätte er mich wahrscheinlich abgeknallt. Leider kann man schlecht den Arm des Gesetzes einschalten, wenn man nicht gleichzeitig in seine Reichweite kommen will. Ich muss also allein rauskriegen, wer der Typ ist. Und du kannst mir dabei helfen, Kinkela.«

»Du meinst also, alles hängt von Finky ab, ich meine Stinky, ich meine Pinky, ich meine Kinky?«, fragte der Bakerman.

»Ich hab mit Schnüffeln nichts am Hut«, sagte ich.

»Wer's glaubt«, sagte Baker.

»Doch, du kannst mir helfen, Kinkela«, sagte Abbie. »Du hast den Verstand eines modernen Sherlock Holmes.«

Ich sah Tom Baker an. Er zuckte leicht theatralisch die Achseln und lachte in sich hinein.

»Wer hat dir denn *den* Floh ins Ohr gesetzt?«, sagte ich.

»Du bist der moderne Sherlock Holmes«, sagte Abbie. »Du wirst es schon rauskriegen.«

»Hab ich schon, glaub ich«, sagte ich.

17

Am folgenden Nachmittag schlug ich in einer nahe gelegenen Bar die Zeit und die Schmerzen tot. Die »Bar« wurde *The Ear* genannt, weil die beiden kleinen Längsstriche vom »B« im Neonschild schon vor Jahren den Geist aufgegeben hatten. Wie übrigens die meisten Stammgäste auch. Ich wartete auf Judy, dachte aber an Abbie. Für einen Mann mit dem »Verstand eines modernen Sherlock Holmes« fiel es mir verdammt schwer dahinterzukommen, wie ich meinem auf der Flucht befindlichen Freund helfen konnte. Natürlich war es Ratso gewesen, der ihm den Floh ins Ohr gesetzt hatte, wenn auch Abbie ihm das entsprechende Gehör geschenkt haben musste. Das machte mir gelinde Sorgen. Mindestens zwei Amerikaner hielten mehr von mir als ich selbst.

Nicht, dass ich Abbie nicht helfen wollte. Baker und ich hatten uns nächtens sogar noch einmal zu einem Aufklärungseinsatz auf die Vandam Street hinausgewagt, wobei wir allerdings weder einen Scharfschützen noch Patronenhülsen noch einen Fremden entdeckt hatten, der im Schatten gelauert hätte. Nur ein alter Penner war da gewesen, der uns um eine kleine Spende bat. Ich drückte ihm einen Zehndollarschein in die Hand, worauf er »Gott segne euch beide« sagte. Keine Ahnung, ob Gott dann den Bakerman und mich wirklich segnete. Auch er war in der Vandam Street nämlich nirgends zu entdecken.

Abbie seinerseits schlief sich gesund und ritt dann am nächsten Morgen in aller Herrgottsfrüh vom Hof. Nur sein Cowboyhut blieb im Staub zurück. Wieder fragte ich mich, ob er denn wirklich verfolgt wurde. War seine paranoide Nabelschau etwa schon so weit gediehen, dass er die Schüsse in der New Yorker Nacht auf sich bezogen hatte? Alles war möglich in dieser besten aller möglichen Welten. Unmöglich wäre nur, seinen Verfolger aufzuspüren und dingfest zu machen, wenn es einen solchen gar nicht gab. Selbst Sherlock hätte mehr als drei Pfeifen gebraucht, um dieses Rätsel zu lösen.

Eine weitere bohrende Frage war, wie ich Abbie helfen sollte, wenn ich mir selbst kaum helfen konnte. Die Marschverpflegung wurde immer teurer, und der billigere – und unbekömmlichere – Wieselstaub war nicht immer zu kriegen. Jameson Irish Whiskey, Zigarren und die sporadische feste Nahrung brachten auch nicht wenige finanzielle und emotionale Probleme mit sich. Mit Bill Dicks Honoraren für die Sonntagskonzerte im Lone Star war eben keine goldene Hakennase zu verdienen.

Was zwischenmenschliche Beziehungen anging – die aber eigentlich keinen was angehen –, konnte ich meinen gegenwärtigen Freunden nur schlecht was aus den Rippen leiern. Ratso leistete ganze Arbeit, seine zehntausend Bücher über Hitler, Bob Dylan und Jesus zu lesen; Abbie leistete ganze Arbeit, vor seinem Schatten davonzulaufen; der Bakerman leistete ganze Arbeit, Dämonen zu bekämpfen, die ich mir nur in Albträumen vorstellen konnte; und Judy leistete ganze Arbeit, sich bei unserer Verabredung im Ear zu verspäten. Also bestellte ich noch einen Jameson und betrachtete gelangweilt den Barkeeper Martin beim Gläserspülen, während dieser wiederum gelangweilt eine Wiederholung von *Der Chef* im Fernseher betrachtete. Wo zum Teufel waren die Watergate-Anhörungen, wenn man sie brauchte, fragte ich mich.

Wo zum Teufel war Judy? Wo war Kacey?

Ich stratzte in die Herrentoilette des Ear – im Vergleich dazu wirkte und roch die Einrichtung im Monkey's Paw geradezu gepflegt – und holte dort ein kleines Alupäckchen aus der Tasche meiner gefütterten blauen Seemannsjacke, die wie ein Erbstück von Oliver Twist aussah. Während ich das Päckchen öffnete, prüfend an der Sperrholztür rüttelte, ob ich wirklich abgeschlossen hatte, und ein großes Klümpchen Wieselstaub auf meinem Hausschlüssel platzierte, um es dann zum linken Nasenloch zu expedieren, schossen mir zahllose Fragen durch das ausgelaugte Gehirn. Warum musste ein gescheiter und begabter junger Mann wie ich am hellichten Tag in der Herrentoilette des Ear eigentlich Wieselstaub schnupfen, wo ich doch gerade erst in die Blütezeit der Miss Kinky Friedman eingetreten war? Warum verließ ich nicht in einem brandneuen glänzenden Penis auf Rädern mein Häuschen in der Vorstadt, auf dem Rücksitz zwei Kinder namens Winston und Kool, die greinend nach McDonald's verlangten, auf dem Beifahrersitz die vom Leben gezeichnete Frau, die mir greinend mit Müll Sander in den Ohren lag? Das Glück schien mir hold zu sein.

Ich nahm die riesige Prise Wieselstaub, die nackte Schlüsselspitze glänzte wie der Mond über Pakistan, mir erschien das grüne Leuchten, das man beim Sonnenuntergang auf Hawaii manchmal sieht – und auf einmal gingen mir keine Gedanken oder Fragen mehr durch den Kopf. Stattdessen ertönte im Innenohr des Ear ein schmerzhaftes, unaufhörliches, erdennahes Summen, wie man eines hört, wenn man neu in New York ist und schlafen möchte, es aber noch nicht auf die gleiche Weise zu ignorieren gelernt hat, wie man fast alles zu ignorieren gelernt hat, was einem als Kind eingebläut wurde. Dann wich das Summen einem stakkatoartigen Hämmern. Schnell faltete ich die Alufolie zusammen und steckte das Päckchen wieder in die Tasche.

»Aufmachen, Freundchen!«, rief jemand. »Ich muss schiffen wie ein Rennpferd!«

»Ich brauch nur noch fünfundzwanzig Minuten«, sagte ich. »Ich spritz aus beiden Enden.«

»Kein Problem, Freundchen«, sagte der Fremde. »Dann piss ich eben auf die Straße.«

»Ein wahrer Amerikaner«, sagte ich.

Er spurtete also davon, und ich holte das Päckchen wieder heraus. Diesmal applizierte ich mir mit der Ecke eines Streichholzheftchens eine doppelte Sprengladung ins bisher vernachlässigte rechte Nasenloch. Nichts passierte. Kein Summen schmorender Gehirnzellen, kein grünes Leuchten, kein Zieldünnpfiff. Nichts. Es lag jener Regentonneneffekt vor, bei dem jeder weitere Tropfen das Fass auch nicht mehr zum Überlaufen bringt, was bekanntlich zum Schweizerkäseeffekt führt, bei dem man sich nicht erinnern kann, was man überhaupt auf dem Lokus zu suchen hatte. Das alles war eher ungesund, es machte mich auch nicht sehr stolz darauf, ein Amerikaner zu sein; meiner Verderbtheit wegen nämlich fror jetzt einem guten Mann draußen auf der Gasse der Schwanz ab.

Als ich an die Bar zurückkam, spülte Martin immer noch Gläser, aber *Der Chef* war vorbei, und Judy stand in heftigstem Aufruhr da. Ihre Wimperntusche verlief wie dreckige New Yorker Regentropfen.

»Wo drückt denn der Schuh?«, fragte ich sie. »Sind dir deine Guppys verendet?«

»Wo zum Teufel hast du gesteckt?«, sagte sie.

»Hatte ein bisschen Zieldünnpfiff«, sagte ich, »aber deswegen muss man doch nicht gleich heulen, oder?«

»Ich hab gerade ein Gesicht gesehen«, sagte sie. Ihr eigenes Gesicht war weißer als die Laken vom Ku-Klux-Klan.

»Könnte eine gute Songzeile abgeben«, sagte ich. »Hat das Gesicht vielleicht zu einem Typen gehört, der seinen Klöppel geschwenkt und wie ein Rennpferd geschifft hat?«

»Nein. Das Gesicht hat zu einem Körper mit zwei Beinen gehört. Als er mich gesehen hat, ist er weggerannt.«

»Und der Typ mit dem Klöppel? Ist der auch weggerannt?«

»Nein«, sagte sie und drehte den Hahn wieder auf.

»Ein Glück«, sagte ich. »Klöppelspuren auf der Hose können nämlich ziemlich schnell zu einem öffentlichen Ärgernis führen.«

»Mir ist nicht zum Scherzen zumute, Kinky. Ich glaub, ich dreh langsam durch.«

»Da solltest du dir lieber schnell einen Seelenklempner suchen«, sagte ich im Versuch, dem Gespräch eine heitere Wendung zu geben.

»Ich hab schon einen«, sagte Judy leise. »Dr. Bock. Zu dem geh ich schon seit vier Monaten.«

»Verlang dein Geld zurück.«

Judys Augen erinnerten einen wirklich an die der Irren von Chaillot. Vielleicht war die Angelegenheit ja doch ernster, als ich gedacht hatte. Ich wandte mich an Martin und wollte zur allseitigen Beruhigung eine Runde bestellen.

»Lass gut sein«, sagte sie nachdrücklich. »Du kommst jetzt mit nach draußen und schaust nach, ob er immer noch da herumlungert.«

»Ich bin davon ausgegangen, der Typ hat dir eine solche Gänsehaut eingejagt, dass du ihn möglichst nie wieder sehen willst.«

»Gänsehaut hab ich schon bekommen. Aber ich glaube, ich kenne ihn.«

Bevor ich weiterfragen konnte, hatte Judy auf dem wohlgeformten Absatz kehrtgemacht. Mit mir im Schlepptau ging sie zur Tür. Keine Ahnung, wer sich da draußen herumtrieb, aber ich wollte nicht, dass sie allein auf die Gasse ging. Ich wollte allerdings auch nicht, dass *ich* allein auf die Gasse ging. Als einer der wenigen Südstaatengentlemen in New York hatte ich leider keine andere Wahl.

Das einzige Anzeichen, dass ein menschliches Wesen kürzlich die Gasse frequentiert hatte, war ein großer frischer Urinfleck an einer Ziegelmauer in der Nähe. Eindeutig der Typ mit dem Klöppel. Judy sah sich um, ich sah mich um, und zusammen gingen wir die Gasse entlang, bis wir auf die Straße hinter dem Ear stießen. Wir konnten nichts entdecken, was uns faul vorgekommen wäre. Ehrlich gesagt, fragte ich mich langsam, ob Judy nicht etwa heimlich Abbie-Hoffman-Stunden nahm. Ich überlegte auch, ob ich Dr. Bock nicht an Abbie weiterempfehlen sollte. Bei Judy hatte er immerhin so gute Arbeit geleistet, dass ihr Gehirn jetzt ein Automatikgetriebe hatte.

»Ich versteh das nicht«, sagte sie. »Das ist unmöglich.«

»Was ist unmöglich?«

»Vor ein paar Minuten hat er noch hier gestanden.«

»Dann ist er eben weggelaufen.«

»Mehr fällt dir dazu nicht ein? Ratso hat behauptet, du hättest den Verstand …«

»… eines modernen Sherlock Holmes?«

»Genau. Laut Ratso sollst du jedes Rätsel lösen können, wenn du dich nur anstrengst.«

»Das einzige Rätsel für mich ist, warum die Leute bloß auf Ratso hören.«

»Verstehst du denn immer noch nicht, warum ich so zittere, warum ich so durcheinander bin, dass ich weinen muss?«

»Hör mal«, sagte ich, »warum kommst du nicht mit zu mir, und wir machen ein Match auf meiner Karatematte?«

»Aber er stand genau *hier.*«

»*Wer* stand genau hier?«

»Tim«, sagte sie. »Ich habe *Tim* gesehen.«

18

Ich hatte gar keine Karatematte. Dafür hatte ich aber eine leicht durchgeknallte Freundin, die ich zwecks einer kleinen Therapiesitzung zur Matratze auf dem Schlafzimmerboden dirigierte. Die Matratze gab es schon, als ich eingezogen war, und Gott weiß wie lange vorher. Bestimmt konnte sie ein paar echt ausgeflippte Geschichten erzählen. Judy allerdings auch.

Um ihre Behauptung auf Aufkleberlänge zu bringen: Sie hatte auf der Gasse ihre alte Fliegerflamme Tim gesehen, einen Mann, dessen sterbliche Überreste vor gut sieben Monaten in ihrem Beisein beerdigt worden waren. Diesen Tim also hatte sie jetzt gesehen, und er hatte sie gesehen, nur um gleich darauf wegzulaufen und in der Gasse zu verschwinden. Judy war davon überzeugt, dass sie durchdrehte. Ich stellte das nicht infrage. Ich verpasste ihr nur einen Schädel-TÜV, und dann tüftelte ich auch am Rest herum. Natürlich war ich kein Seelenklempner. Ich war nicht mal ein Detektiv. Trotzdem darf ich sagen, dass sie mir an den Lippen hing.

Derselbe Herr, der Hawaii mit weißen Tauben und New York mit dunklen belieferte, sorgte auch dafür, dass Tom Baker und Abbie Hoffman dem Loft an diesem Abend fernblieben. Der Heilsplan des Herrn passte ausnahmsweise zu meinen Plänen, und als Judy am Morgen in aller Frühe den Loft verließ, ging es uns beiden schon viel besser. Judy war überzeugt, sie hätte eine Vision mit einer wichtigen Botschaft gehabt. Ich war überzeugt, dass ich eine wichtige Botschaft für Ratso hatte.

Als mir des mürrischen Morgens Licht aufging, zog ich meinen alten lila Robert-Louis-Stevenson-Bademantel an und ging in die dürftig ausgestattete Küche. Das einzige Küchengerät war ein alter Kaffeekocher, den Tom Baker in der irrigen Annahme mitgebracht hatte, das könnte seinen Mietkostenanteil decken. Er ähnelte dem uralten Pott, den der Lone Ranger aufs Lagerfeuer gestellt haben könnte, nachdem er mit Tontos Penis das Feuer geschürt hatte.

Baker hatte auch ein Tütchen röstfrischen französischen Kaffee und ein gleichartiges Tütchen peruanische Marschverpflegung mitgebracht. Der einzige Unterschied zwischen beiden war, dass das eine schwarzes und das andere weißes Pulver enthielt. Ich tat ein bisschen von dem schwarzen in den Kocher und ein bisschen von dem weißen in mein linkes Nasenloch. Kurz darauf brodelte der Kaffeekocher fast so fröhlich drauflos wie ich.

Von der Hand voll Zigarren, die ich jüngst bei Village Cigars erstanden hatte, war noch eine einzige übrig. Ich zündete mir das Ding an, streunte durchs leere Wohnzimmer und wartete darauf, dass der Kaffeekocher mich einholte. Zu Weihnachten musste ich Ratso unbedingt einen Maulkorb schenken, überlegte ich mir. Weihnachten war allerdings schon vor geraumer Zeit sang- und klanglos an uns vorbeigezogen. Das einzig Gute an Weihnachten war meiner Meinung nach, dass es die Wahrscheinlichkeit steigerte, Willie Nelson »Pretty Papers« oder Jimmy Durante »Frostie the Snowman« singen zu hören. Alles andere an dieser gefühlsduseligen öden Jahreszeit konnte man getrost in der Pfeife rauchen, von mir aus auch auf Lunge. Der einzige Feiertag, an dem mir wirklich was lag, war Schawu'ot. Ich wusste zwar nicht, was man da feierte, aber das Wort gefiel mir. Außerdem warfen zu Schawu'ot nicht so viele Leute die Sandsäcke des Irdischen ab.

Ich gönnte auch meinem rechten Nasenloch noch ein bisschen Marschverpflegung, die mir dann fast den Hinterkopf wegpustete. Das Zeug war weit besser als der Wieselstaub vom Vorabend. Woraus mischte das Wiesel seinen Dreck bloß? Konnte praktisch alles drin sein. Das Blut von kleinen Christenkindern? Das Blut von kleinen Judenkindern? Würde man den Unterschied je merken?

Als der Kaffee fertig war, goss ich mir eine Tasse ein. Ich nahm sie in die eine Hand, die Zigarre in die andere und ging dann zu dem ramponierten gelben Plüschkissen, das aussah, als wäre es von den Dreharbeiten zu einer Familienserie aus den Fünfzigern übrig geblieben. Ich setzte mich darauf, balancierte die Kaffeetasse auf dem Knie und grübelte, warum Ratsos Missionierung in meinem Namen meine ansonsten bedeutungslose Existenz versaut und verkompliziert hatte. Dagegen musste etwas unternommen werden, und zwar fix, bevor noch jeder neurotische New Yorker Schwachkopf mit seinen Problemen bei mir angedackelt kam.

Ich schlürfte den Kaffee, paffte die Zigarre und feite gerade meine Nerven, um Ratso anzurufen, da klingelte das Telefon. Ich ging zum wackligen Beistelltischchen mit dem Telefon hinüber und hob ab.

»Schieß los«, sagte ich.

»Kinkstah!«, schrie eine laute, vertraute Nagerstimme. »Kinkstah!«

»Geh zum Teufel«, sagte ich.

»Hast du seine Adresse?«

Ich legte die Zigarre in der Cadillac-Radkappe ab, die der Bakerman kürzlich auf einem seiner Streifzüge aufgegabelt hatte, und sammelte mich für einige wohlgesetzte Worte.

»Pass auf, du Pottsau«, sagte ich. »Wir sollten uns mal zusammensetzen, um das mit meiner fabelhaften Detektivkarriere zu besprechen.«

»Klasse, Sherlock! Ich wusste doch, dass du auf den Trichter kommst. Du darfst dein Licht nicht immer unter den Scheffel stellen. Wann wollen wir uns denn treffen?«

»Jetzt.«

»Okay, Sherlock! Komm rüber«, sagte Ratso und schien fröhlich den unterschwelligen Ärger in meiner Stimme beiseite zu tun.

»Komm du lieber hierher. Holmes' Haushälterin hieß Mrs. Hudson, und die Hudson Street liegt schließlich viel näher an der Vandam als an deiner Wohnung.«

»Hat was für sich, Sherlock.«

»Ich hab leider schon befürchtet, dass du das genauso sehen würdest.«

»Geht's um Barry Freed?«

»Kann sein. Schwing deinen Arsch rüber, ja?«

»Schon unterwegs, Sherlock! Bin sowieso gespannt, wie du dich in deiner neuen Bude eingerichtet hast.«

Ich sah mich um und betrachtete Bakers Burg aus leeren Bierdosen, den Staub, den Dreck und die herzzerreißende Leere dieser Haltestelle auf dem Weg zur *Desolation Row.*

»Na ja«, sagte ich, »für den *Architectural Digest* reicht es noch nicht.«

»Nach allem, was man so hört, soll es noch nicht mal für den *Reader's Digest* reichen«, sagte Ratso mit fröhlichem Eichhörnchenglucksen.

Ich legte auf, ging zum Fenster und sah eine Weile den Müllwagen bei ihrem Treiben zu. Ratso hatte ein gutes Herz, dachte ich, und er besaß auch ein gewisses Verantwortungsgefühl. Schließlich war er vor einiger Zeit zum Redakteur von *High Times* befördert worden, einer Zeitschrift, die derzeit in puncto Leserzahl und Auflage im Keller war, vom Inhalt ganz zu schweigen. Ratso sollte dafür sorgen, dass sie im Keller blieb, bis die Geschäftsleitung wusste, was aus ihr werden sollte. Er nahm seine Arbeit sehr ernst.

Ratsos Einfluss als Redakteur war es indes auch zu verdanken, dass ich meinen ersten Prosatext geschrieben hatte. Der Artikel orientierte sich locker an meinen Erlebnissen beim Friedenskorps und trug den Titel: »Mein Skrotum flog Touristenklasse: Eine Erfahrungsodyssee.«

Ein Detektiv gleich welcher Provenienz, überlegte ich, hatte jedoch gänzlich andere Aufgaben als ein Redakteur und musste auch eine völlig andere Verantwortung übernehmen. Als Detektiv wird man zum Karmadoktor. Als Detektiv erhält man Einblick in die Ängste, Geheimnisse, Sehnsüchte und Träume der Menschen. Träume sind Schäume, sagte ich mir auf dem Weg zurück zum Kaffeekocher und zum Kokain.

Und manche Träumer schäumen.

19

Nachdem ich im langweiligen leeren Loft stundenlang auf Ratso gewartet hatte, war ich kurz davor, mich an der Duschstange aufzuhängen. Um diese Zeit herum muss ich entdeckt haben, dass es hier gar keine Duschstange gab. Leidlich verzweifelt ging ich ins Wohnzimmer zurück, wo ich gleich die nächste Entdeckung machte. Wenn man aus einem Fenster im ersten Stock sprang, nur um dann mit einiger Sicherheit auf einem Müllwagen zu landen, mochte das vielleicht einen witzigen und schmachvollen Nachruf ergeben, einen guten Abgang verschaffte man sich damit allerdings nicht. Wahrscheinlich war man hinterher gelähmt und musste über sich ergehen lassen, dass jedes frömmlerische und zerknirschte Arschloch, dem man je begegnet war, mit Schadenfreude im Herzen und Obstkorb in der Hand einen besuchen kam.

Aus diesen morbiden Erwägungen holte mich etwas, das wie das Kreischen einer verwundeten Schwuchtel klang. Ich trat ans Fenster und erblickte draußen Ratso in einem Silberlamékostüm, das wie eine Kreuzung aus Liberace und der ersten jüdischen Astronautin Hagar Nasa aussah. Es war ein seltsamer, wenn auch nicht ganz unangenehmer Anblick. Ich wurde fast wankend im Entschluss, Detektiv zu werden, wenn ich mal groß war. Als Detektiv brauchte man schließlich etwas zu detektieren. Im Moment detektierte ich aber bloß, dass Ratso unten auf dem Gehweg fror und deshalb in heftigsten Aufruhr geriet.

Ich öffnete das Fenster und rief ihm zu, ich käme sofort.

»Warum springst du nicht einfach?«, rief er zurück und merkte gar nicht, wie richtig er damit lag. Die meisten anderen Menschen merken übrigens auch nicht, wenn sie richtig liegen. Deshalb wälzen sie sich auch so oft hin und her.

Ich wälzte mich in Richtung Tür, verließ den Loft, lief die Treppe hinab, durch das armselige kleine Foyer – wo sich ein Penner, dem ich zehn Jahren später vielleicht sehr ähnlich sehen würde, in einer Ecke zusammengekauert hatte und vom *Big Rock Candy Mountain* träumte – und dann weiter auf die Vandam Street hinaus. Auf den zweiten Blick sah ich jetzt, dass Ratso die Waschbärenmütze trug, an der noch der Kopf mit den zugenähten Augen baumelte.

»Du siehst aus wie Davy Crockett, der in Stiersperma ertrinkt«, sagte ich und hielt ihm die Tür auf.

»Ich hab zwanzig Minuten auf dem Gehweg gestanden und mir die Kehle aus dem Hals geschrien, da *fühl* ich mich auch wie Davy Crockett, der in Stiersperma ertrinkt. He, wie ist der denn hier reingekommen?«, sagte er und zeigte auf den schlafenden Penner.

»Das ist der Portier«, sagte ich.

Wir gingen die Treppe hoch und hatten kaum den Loft betreten, da markierte Ratso die Begeisterung eines Innenarchitekten und bewunderte den scheußlich deprimierenden, kahlen, dreckigen und unmöblierten Loft.

»*Atemberaubend!*«, stieß er hervor. »Man erkennt dich richtig wieder!«

»Ratso«, sagte ich, »ich möchte …«

»Bei dem Frosch hier, den du als Schirmständer benutzt, gehen einem ja förmlich die Augen über!«

»Hat Baker irgendwo mitgehen lassen. Ist so ungefähr das Letzte, was ich auf diesem Planeten brauche. Wir müssen uns mal …«

»Und diese herrlich bloßgelegten Ziegel und dieses dunkle, kühle Flair einer ägyptischen Grabkammer«, sagte Ratso und drehte sich im Kreis wie die Frau in *Meine Lieder – meine Träume.*

»Verdammt noch mal, Ratso ...«

»Ja, was haben wir denn *da?*«, gurrte er und sah mit aufgesetztem Interesse ins Schlafzimmer, wo es außer einer Matratze auf dem Boden und einer kahlen Glühbirne nichts zu sehen gab. Jeder Betrachter müsste sofort an eine Gefängniszelle in der Türkei denken.

»Frühes Balzlaubendesign«, fuhr er fort. »Charmanter Minimalismus. Da drüben in der Ecke würde sich vielleicht eine Lavalampe ...«

»Ich bin nicht Sherlock Holmes!«, brüllte ich. *»Und du bist nicht Dr. Watson!«*

Ratso drehte sich um und sah mich mit den erschrockenen und entwaffnenden Augen eines Kindes an, das gerade erfahren hat, dass es keinen Weihnachtsmann gibt.

Ich achtete nicht weiter darauf und kämpfte mich weiter vor. »Das war nur ein Spiel zwischen uns beiden. Kapierst du denn nicht, dass wir es hier mit *lebenden Menschen* zu tun haben, Ratso?«

»Doch«, sagte er. »Macht ja auch mehr Spaß.«

»Ich will dir mal was sagen, es ist schlimm genug, dass Abbie ...«

»Barry Freed.«

»Meinetwegen. Der legendäre Wieheißternochgleich. Also, ich find's schlimm, dass du ihm jetzt auch noch den Floh ins Ohr gesetzt hast, ich könnte in dieser Angelegenheit sein persönlicher Heiland sein. Durch seine ganzen Jahre auf der Flucht tickt der doch sowieso nicht mehr ganz richtig, der ist rettungslos paranoid. Wahrscheinlich wird er überhaupt nicht verfolgt. Das ist schon schlimm genug, aber du hörst einfach nicht auf.

Jetzt hast du auch noch Judy weisgemacht, ich hätte ›den Verstand eines modernen Sherlock Holmes‹. Dabei geht die eh schon zu einem Seelenklempner. Inzwischen redet sie sich nämlich ein, ihren toten Freund zu sehen ...«

»Den von Jefferson Airplane?«

»... und glaubt glatt, ich wär der Einzige, der ihr da helfen könnte.«

»Vielleicht hat sie ja Recht. Also, Sherlock ...«

»Nenn mich nicht so.«

»Okay. Also, Kinkstah ...«

»Und so auch nicht.«

»Okay. Also, Arschloch: Du hast zwei Freunde, denen das Wasser bis zum Hals steht. Vielleicht spinnen sie ja. Vielleicht aber auch nicht. Vielleicht haben wir es mit einem Fall zu tun. Vielleicht mit zweien. Vielleicht mit keinem. Du könntest sie wenigstens im Auge behalten und verfolgen, wie es ihnen ergeht.«

»Du könntest wenigstens mal den Schnabel halten.«

»Lass mich ausreden, und dann verschwinde ich.«

»Klasse Idee.«

»Du hast mehr von Sherlock Holmes, als du wahrhaben willst, und damit mein ich nicht nur, wie dein Verstand funktioniert, sondern dein ganzes Wesen. Du gibst dich immer eiskalt, aber du hast ein Herz aus Gold, genau wie Sherlock.«

»Mach mal halblang, Ratso.«

»Du bist einsam und hast eine einsame Wohnung. Überhaupt, der Loft hier ist so was von gruselig. Kannst du dir nicht wenigstens ein Haustier zulegen? Einen Hund oder einen Vogel. Oder wie wär's mit so einem Leguan, wie sie jetzt oben auf dem Lone Star einen angebracht haben? Leguane sind momentan der letzte Schrei.«

»Ratso, ich flehe dich an: Halt's Maul.«

»Bin gleich fertig. Sherlock und du, ihr seid beide kokainsüchtig, wenn ihr nicht arbeitet. Beide seid ihr eure schärfsten Kritiker. Beide zweifelt ihr immerzu an euren Fähigkeiten. Beide habt ihr einen ausgeprägten Sinn für Selbstmitleid. Beide habt ihr oft Depressionen. Und höchstwahrscheinlich seid ihr beide latent homosexuell.«

»Und du bist höchstwahrscheinlich ein latenter Schmock. Wenn ich's mir recht überlege, hast du auch allerlei mit Dr. Watson gemein. Ihr seid beide Nervensägen und habt nicht den geringsten Durchblick.«

»Versprich mir bloß, dass du auf Judy und Abbie aufpasst.«

»Du meinst, Barry Freed.«

»Versprich mir, dass du auf sie aufpasst. Wir werden ja sehen, ob was dabei rauskommt.«

»Und wenn?«

»Dann, Sherlock, ist das Wild auf!«, sagte Ratso und tanzte wieder triumphierend durch den Loft.

Kurz darauf verließ er ihn so aufgebläht, wie es ein Mensch in seiner Aufmachung nur sein konnte. Durch das Fenster beobachtete ich, wie er in die Vandam Street entschwand.

20

Am Sonntagabend stand ich in eiskaltem Nieselregen mit der Gitarre in der Hand an der Vandam/Ecke Hudson und hielt ein Taxi an. Ich musste ein Konzert hinter mich bringen und sagte mir, dass Bill Dick wohl nichts dagegen haben würde, wenn ich ausnahmsweise mal pünktlich käme. Vor kurzem hatte ich den Shalom Retirement Village People einen neuen Namen mit mehr Sex-Appeal verpasst – Exxon Brothers. Dennoch wusste ich, dass man ein Konzert die Woche im Lone Star und ab und zu das Aufspielen bei einer Bar-Mizwa-Party in New Jersey nicht gerade eine Karriere nennen konnte. Man konnte es nicht mal ein nagefähiges Hungertuch nennen. Es war bloß ein weiteres Konzert in der Gesäßtasche.

»Lone Star Café«, sagte ich zum Fahrer und verstaute die Gitarre neben mir auf dem Rücksitz.

»Wie Sie wollen, Meister«, sagte der Fahrer. »Und Sie wollen bestimmt nicht in die russische Teestube?«

»Seh ich aus wie 'n Russe?«

»In der Stadt hier kann man nie wissen. Wo haben Sie Ihr Pferd gelassen?«

»Das hat den Geist aufgegeben.«

Der Taxifahrer war ein echter New Yorker. Eine Straße weiter, und er kannte meine ganze Lebensgeschichte. New Yorker haben sich schon immer gern über Cowboys lustig gemacht, wie Cowboys sich schon immer gern über New Yorker lustig gemacht haben. Eigentlich ist es ein Wunder, dass es keinen je nervt.

Oder wenn, dann merkte man es nicht. In der Stadt hier konnte man nie wissen.

»Ein Glück, dass Sie bei dem Regen Ihren Zehn-Gallonen-Hut mitgebracht haben«, sagte er, als wir eine kleine Ewigkeit vor einer roten Ampel verbrachten.

»Stimmt«, sagte ich. »Jetzt brauch ich nur noch ein Cocktailschirmchen für meine Zigarre.«

»Kennen Sie J. R. aus *Dallas?*«

»Nicht persönlich.«

»Der gehört erschossen.«

»Wir können ja Lee Harvey Oswald ausbuddeln und als Handpuppe nehmen.«

»Meinen Segen haben Sie, Meister.«

Dann geschah etwas, was sich kaum in Worte fassen lässt. Ich sah eine Hand nach dem Griff der rechten Fahrgasttür langen. Die Hand ragte aus einer Armyjacke, über der eine schwarze Sturmhaube Kopf und Gesicht vollständig verbarg. Bevor ich wusste, wie mir geschah, schoss der Fahrer wie eine Rakete davon und überfuhr die rote Ampel. Ein Stadtbus kachelte von der Seite auf uns zu. Sekundenbruchteile bevor er uns zu Hackfleisch machte, witschte das Taxi über die Straße.

»Ach du Scheiße!«, rief der Fahrer.

»Was zum Teufel haben Sie vor?«, sagte ich.

»Der Typ hatte 'ne Knarre.«

»Ich hab keine Knarre gesehen.«

»Der Typ hatte 'ne Knarre. Vielleicht hat er bei Ihrem Anblick gedacht, wir wärn 'ne Postkutsche.«

»Ich hab keine ...«

Der Gedanke wurde von einem gedämpften Geräusch ganz in der Nähe unterbrochen, als hätte ein Kind eine Spielzeugpistole in meinem Schädel abgefeuert. Praktisch im selben Moment flog uns die Heckscheibe um die Ohren und ließ Glassplitter, Regentropfen und einen kleinen roten Fetzen auf uns niederprasseln. Letzterer musste mal zu meinem Hals gehört haben.

Ich nahm den Hut ab, duckte mich in den Sitz und spähte durch die Reste der Heckscheibe. Ich glaubte, einen Mann mit einer großen schwarzen Waffe in der Hand weglaufen zu sehen, aber im Regen, mit dem Verkehr und der Dunkelheit war das schwer zu sagen.

»Alles klar, Meister?«, fragte der Fahrer.

»Der Himmel küsse meine Eier«, sagte ich. »Nur ein Kratzer.«

»Das Taxi ist zum Glück nur gemietet, aber kein Mensch mietet seinen Kopf, Mann. Ich versteh nicht, was mit dieser Stadt los ist! Das ist hier ja rein wie im Wilden Westen! Überall Terroristen! Soll ich Sie ins St. Vincent's bringen?«

»Nein, bringen Sie mich gleich in die Nervenheilanstalt«, sagte ich. »Ins Lone Star Café.«

Das Konzert absolvierte ich per Autopilot. Ich kann mich kaum erinnern, auf der Bühne gestanden zu haben, aber Baker meinte hinterher, es wäre einer meiner besseren Auftritte gewesen. Ob er das ernst meinte, werde ich wohl nie erfahren. Niemand wird je erfahren, ob der Bakerman etwas ernst meint. Das trägt nicht unwesentlich zu seinem Charme bei.

Nach dem zweiten Set trank ich oben in der Garderobe mit ihm ein Bier, und er schlug vor, doch aufs Dach zu steigen, damit wir uns den Leguan anschauen konnten. Der Knarrenmaxe an der Taxe hatte mich so verstört, dass ich das riesige Monster über der Fifth Avenue bei der Ankunft gar nicht bemerkt hatte. Jetzt wurden seine grünen Schuppen von Scheinwerfern angestrahlt. Es wirkte leicht überirdisch.

»Bill Dick hat sich entweder umentschieden oder umgebracht«, sagte ich. »Er hat doch gesagt, der Leguan käme hier nur über seine Leiche rauf.«

»Er ist nicht gerade David Copperfield«, sagte Baker. »Aber wer weiß.«

»Irgendwer stellt mir jedenfalls die Schecks aus.«

»Irgendwer nimmt dich auch unter Beschuss. Ich hätte heute Abend fast meinen Brötchengeber und meinen besten Freund auf einmal verloren. Ich furze im Moment nicht gerade in Seide. Ist dir vielleicht schon aufgefallen. Wir haben lausige Zeiten, Kinky, und ich hab diese böse Welt langsam satt. Heute hab ich auf der Straße einen Barkeeper getroffen, der damals, als ich vor Jahren nach New York kam, mein erster Freund hier war. Du könntest mein letzter sein.«

In Tom Bakers irischen Augen, die so oft unbändige Lebenslust erfüllt hatte, schimmerte namenlose Trauer. Ich sah zerbrochene amerikanische Träume und Ruinen einer älteren und würdevolleren Zivilisation. Wie viel lässt sich den Augen eines guten Freundes ablesen? Wie viel ist nur ein Spiegelbild des Betrachters? Vor der großen Abschlussprüfung erfährt niemand die Antworten auf diese Fragen. Vielleicht nächstes Mal, dachte ich.

»Hier geht's eindeutig nicht zum Männerlokus«, sagte jemand aus der Dunkelheit.

Ich sah auf und erkannte Steve Rambam, den Talmudschüler, der dem Cop wegen des Strafzettels die Leviten gelesen hatte. Er trug Anzug und Krawatte, balancierte ein Bier auf den linken Hinterzehen des Leguans und machte überhaupt den Eindruck eines erfolgreichen Börsenmaklers.

»Du hast doch gesagt, ich soll mal vorbeischauen«, sagte er. »Da bin ich.«

Ich machte Tom und Steve miteinander bekannt, dann ging Tom in den Club zurück, gönnte uns aber zuvor noch die folgende kleine Abschiedsrede.

»Okay, ihr beiden Hübschen könnt euch ja erst mal beschnuppern. Ach, Steve, falls du den Eindruck hast, dass Kinky auf einem anderen Planeten kocht, liegt das nur daran, dass gerade jemand versucht hat, ihn umzubringen. Und jetzt sage ich wie Sam Cooke im Copacabana: ›Ich will nicht los, aber ich muss los.‹«

»Hübscher Abgang«, sagte Rambam.

»Baker ist ein farbenprächtiger Amerikaner.«

»Ich mein den, den du dir fast verschafft hast. Ich bin nämlich nicht nur an der Jeschiwa, sondern auch an der Polizeischule eingeschrieben. Was ist denn passiert?«

Rambam machte einen vertrauenswürdigen, großspurigen und selbstsicheren Eindruck, außerdem musste ich dringend mit jemandem reden, also erzählte ich ihm vom Vorfall im Taxi. Von da kamen wir auf Abbie, dann den Typen, der ihn angeblich verfolgte, und schließlich auf die Schüsse von neulich Abend. Ich nannte Abbie »Barry Freed« und beschrieb ihn nur als »alten Freund mit bewegter Vergangenheit, wenn man so will«. Die Beschreibung traf natürlich auf fast all meine Bekannten zu. Vorsichtshalber erwähnte ich noch Ratsos unermüdliche Kampagne, unser kleines Holmes-Watson-Spiel ins krasse kalte Kasino der Wirklichkeit zu bringen, obwohl es sich mit Händen und Füßen wehrte. Als Zuckerguss auf der Torte, die jemand im Regen stehen gelassen hatte, erwähnte ich Judy, die neulich ihren toten Freund gesichtet hatte und daraufhin bei der letzten Instanz, Sherlock Holmes alias der Kinkster, Berufung eingelegt hatte. Rambam trank sein Bier und überlegte eine Weile. Ein paarmal schüttelte er gedankenverloren den Kopf, dann sagte er: »Es kann gefährlich werden, Sherlock Holmes zu sein, auch wenn man nicht seine Mütze trägt oder Geige spielt.«

»Ich bin auch nicht Sherlock Holmes, Herrgott noch mal.«

»Mach das mal Ratso, Barry Freed und Judy klar«, sagte er. »Und vielleicht noch einem Vierten.«

»Der Vierte macht mir Sorgen.«

»Vorschlag zur Güte«, sagte Rambam und stand unvermittelt auf. »Ich hab gerade ein bisschen Zeit, da kann ich deine Wohnung observieren und mir anschauen, wie dein Freund Barry Freed kommt und geht, und wenn ihn jemand verfolgt, könnte ich den vielleicht verfolgen. Was deine Freundin Judy angeht, ich bin auch an der medizinischen Fakultät eingeschrieben und hab den Eindruck, dass sie Wahnvorstellungen hat, auch wenn ich sie noch nie gesehen hab. Ich werd mich mal bei der Gräberverwaltung der Navy umtun, vielleicht können wir ihren Flieger ja zur allerletzten Ruhe betten. Was schließlich deinen Freund Ratso betrifft, so wäre es gut möglich, dass der dich heute Abend aus Versehen in die Schusslinie gebracht hat. Er meint es garantiert gut und macht auch einen hartnäckigen Eindruck, aber die Kombination kann tödlich sein. Ich meld mich wieder bei dir – es gibt da nämlich ein paar Sachen, die wir zusammen beackern müssen. Wahrscheinlich ist aber alles heiße Luft. Reine Verwechslung oder so was.«

»Danke für deine Hilfe, Steve«, sagte ich. »War gut, mir das mal von der Seele zu reden.«

»Keine Ursache«, sagte er. »Wir werden dem schon auf den Grund kommen. Bis dahin kann ich dir nur eins raten.«

»Und das wäre?«

»Hüte dich vor dem Reichenbachfall«, sagte er.

21

Ob es mir lieb war oder nicht, der unangenehme Vorfall im Taxi am Vorabend hatte aus Spekulationen plötzlich Ernst gemacht. Ich hatte bloß keine Zeit mehr, neue Konditionen festschreiben zu lassen oder darum zu bitten, außerbörslich zu handeln. Abbie schnarchte im Schlafzimmer wie eine Bandsäge, Baker war irgendwo auf Sauftour, und ich machte mir einen Kaffee, setzte mich auf die Orangenkiste und versuchte, dem wolkenverhangenen New Yorker Morgen kalt und nüchtern gegenüberzutreten.

Hätte ich einen Schreibtisch im Loft gehabt, wäre er längst von einer Idee überquert worden, aber so ging sie mir nur im Kopf herum. Es handelte sich um einen alten Indianertrick. Man erspäht eines Nachts einen Cowboy mit einem schwarzen Hut. Man schießt, verfehlt ihn aber. Etliche Monde später sieht man einen Cowboy mit einem schwarzen Hut in einer Postkutsche vorbeifahren und schießt wieder. Man sagt sich, diesmal wird man wohl treffen. Zum Glück für den anderen verfehlt man ihn wieder. Vielleicht ist man ja ein kurzsichtiger Indianer.

Ich hatte keine Ahnung, wer Abbie neulich Abend hatte abmurksen wollen, aber ich ahnte, dass er ihn mit mir verwechselt hatte. In New York gibt es heutzutage nicht sonderlich viele Cowboyhüte, und wenn man einen erspäht, kann es einen schon im Abzugsfinger jucken. Vielleicht würde Abbie von nun an nie wieder einen Cowboyhut aufsetzen. Bei mir sah das jedoch anders aus. Der Cowboyhut war integraler Bestandteil meines Rodeofummels. Das war keine bloße Frage der Garderobe. Der Cowboyhut war unabdingbarer Teil meines kulturellen Erbes und meiner spirituellen Existenz. Trotzdem war es an der Zeit, Tom Bakers Rat zu beherzigen und meinen Kopf nicht nur als Hutständer zu benutzen.

Wenn ich den Cowboyhut in den Orkus pfefferte, hieß das nicht unbedingt, dass ich nicht auf das Erkennungszeichen eines anderen Genres umsatteln konnte. Ich konnte ja eine Sherlock-Holmes-Mütze tragen, auch wenn ich damit aussah wie ein Freigänger aus der Klapse. Auch eine Jarmulke mit Kinnriemen wäre ganz nett. Oder ich fragte Ratso, ob ich mir Hoffnungen machen durfte, seine Waschbärenmütze als Dauerleihgabe zu bekommen. Das Leben bietet unbegrenzte Möglichkeiten. Der Tod dummerweise auch.

Im Schlafzimmer hinter mir schnarchte Abbie immer noch. Unten auf der Straße knurrten sich die Müllwagen an, als würden sie schreckliche Revierkämpfe ausfechten. Jeder von ihnen betrachtete die Vandam Street als sein Revier. Ich ging zum Fenster in der Kochnische und suchte die Straße nach Zeichen von Rambam ab. Nichts. Obwohl eine Observierung, die etwas taugte, einem wahrscheinlich auch nicht gleich ins Auge fiel. Da ich jetzt eine Art Detektiv war, sollte ich meine Wahrnehmungsgabe in Schuss bringen. Wo Welt draufsteht, ist nicht immer Welt drin.

Der Groschen, dass jemand einen Itzig mit Cowboyhut, nämlich mich, mit einem anderen Itzig mit Cowboyhut, nämlich Abbie, verwechselt hatte, war in der Abteilung für deduktives Sherlockdenken nur langsam gefallen. Aber im Moment sah es ganz danach aus. Die andere Lappalie, die mich beschäftigte, war die Aggressivität von Abbies Verfolger. Ich musste vorläufig davon ausgehen, dass er Abbie tatsächlich hatte abmurksen wollen, als er neulich Abend in der Vandam Street auf ihn geschossen hatte. Mich hatte er definitiv abmurksen wollen. Außer man betrachtet es als einen Schuss vor den Bug, wenn jemand dem Taxi, in dem man gerade unterwegs ist, die Heckscheibe wegpustet. Abbie hat zwar steif und fest behauptet, die Bundesbullen wären hinter ihm her, aber trotzdem fragte ich mich, wer da sein Mütchen kühlen wollte. Führte sich ein Bundesbeamter wirklich so rücksichtslos und mörderisch auf?

Nachdem ich eine Weile meinen Gedanken nachgehangen hatte, sehnte ich mich nach einer Zigarre, die mir fehlte, und nach einer Lösung, die mir auch fehlte. Der Stress des deduktiven Räsonierens forderte seinen Tribut von meiner Grauzellenabteilung, von der Verschärfung meiner Neigung zum Zieldünnpfiff ganz zu schweigen. Ich gönnte mir also eine kleine Pause, schaltete das alte ramponierte Radio ein – auch so ein Mitbringsel vom Bakerman –, nur um zu erfahren, dass es keinen *Imus in the Morning* mehr gab.

»Was zum Teufel soll das heißen, Imus ist nicht da?«, schrie ich die Frau an, die beim Sender ans Telefon ging.

»Genau das, Sir. Er arbeitet nicht mehr hier im Sender.«

»Das kann nicht sein«, sagte ich. »Er war schon immer da.«

»Jetzt nicht mehr, Sir«, sagte sie knapp.

»Okay«, sagte ich, »wenn er nicht da ist, wo zum Teufel ist er dann?«

»Versuchen Sie's mal in Cleveland«, sagte die Frau.

»Versuchen Sie's doch selber in Cleveland«, sagte ich, aber da hatte sie schon aufgelegt.

Das war ja nicht auszudenken. Imus war eine spirituelle und oft auch finanzielle Stütze meines Lebens in New York gewesen. Seine Morgensendung im Radio hatte ihn nicht nur zu einer kulturellen Institution gemacht, sondern auch fast in die Nervenheilanstalt gebracht. Er hatte so viel Erfolg gehabt, dass er jederzeit seine Limousine zum Kokainholen schicken konnte. Das hatte ihn für den Kinkster noch attraktiver gemacht, ebenso wie seine bleibende Freundschaft und sein unheilbarer Sinn für Humor.

Aber Imus hatte ein kleines Problemchen. Keine Ahnung, ob man einen Mann, der täglich ein großes Tropenfischaquarium voller Wodka trank, schon als ausgewachsenen Alkoholiker bezeichnen sollte. Moralisch ist dagegen ja nichts einzuwenden. Wenn man den ungeheuerlichen Ruf eines Wahrheitsfanatikers hat, haufenweise Talent, eine Limousine und eine angesehene Radiosendung, kommt man vielleicht sogar auf Dauer damit durch. Bloß hat man über kurz oder lang den Eindruck, alles und jeder rase auf einem motorisierten Krawattenständer an einem vorbei, nur um einem die Cocktailstunde zu verkürzen.

Das schien Imus also passiert zu sein. Gut, ich war nicht Imus, und Alkohol war nicht Kokain, aber auch ich konnte die Zeichen an der Klowand lesen und Imus in Eric Claptons berühmter Jacke, die ich ihm selbst geschenkt hatte, bewusstlos auf dem Kloboden liegen sehen. Eric machte das bestimmt nichts aus. Er kannte den Kloboden. Und Imus hätte es auch nichts ausgemacht. Er kannte ihn auch. Ich hatte damals zusehen müssen, wie sie ihn in seine Limousine gossen, um ihn dann nach Hause in sein Penthouse zu expedieren. Am nächsten Morgen war er wieder auf Sendung, die Leute fanden ihn zunehmend lustig, wenn er ernst war, und ernst, wenn er lustig war, und das ist meistens der Anfang vom Ende. Dann machten sich seine Manager Gedanken. Dann erzählten die Leute, die sein altes Haus in Greenwich, Connecticut, gekauft hatten, in ihrem

Garten müsste ein Güterwagen mit leeren Wodkaflaschen entgleist sein. Und jetzt war Imus also nach Cleveland gegangen.

Ich schaltete das Radio aus.

Mit feuchten Augen holte ich meinen kleinen IMUS-IN-THE-MORNING-Becher aus meiner angestoßenen Reisetasche. Der Becher war leicht lädiert. Genau wie Imus. Ich stellte ihn aufs Fensterbrett, wo er Sonne bekam, als mir plötzlich jemand auf die Schulter tippte und ich um ein Haar in Amerikas Namen einen Salto rückwärts durch mein Arschloch gemacht hätte. Ich drehte mich um. Abbie Hoffmans dunkle, gequälte Augen bohrten sich in meine.

»Als ihr gestern Abend weg wart, hab ich hier einen Anruf bekommen«, sagte er düster.

»Dann kommt dein Sozialleben also langsam auf Touren«, sagte ich. »Woher hatte derjenige denn die Nummer? Ich hab doch erst seit einer Woche einen Telefonanschluss.«

»Die haben ihre Methoden. Der Typ wollte eine Morddrohung loswerden.«

»Lass deine Gedanken zu gestern Abend zurückschweifen. Was war der genaue Wortlaut?«

»Du jüdisches Arschloch. Ich bring dich um.«

»Irgendeine Vermutung, wer's war?«

»Keine Ahnung«, sagte Abbie. »Aber ich bin hier auch nicht der Detektiv. Was glaubst *du* denn, wer's war?«

»Beim derzeitigen Stand der Ermittlungen versuche ich als Erstes immer, Sandy Koufax auszuschließen«, sagte ich.

22

»Und was ist dieser Rambam für einer?«, fragte Ratso am späteren Nachmittag. Wir saßen im Carnegie Deli, aßen Pickles, tranken Dr. Brown's Black Cherry Soda und warteten auf zwei Sandwiches, deren Größe wir zu Recht auf größer als unsere Köpfe schätzten.

»Ein junger Mann, den ich neulich Abend auf der Straße kennen gelernt habe. Sein Stil gefällt mir. Er hatte einen kleinen Stresskongress mit einem Streifencop namens Cooperman, glaube ich, der ihm ein Knöllchen verpasst hat, aber erst, nachdem Rambam ihm nicht die Hammelbeine langgezogen hat. Er studiert an der Talmudschule, besucht die Polizeischule und hat sich gerade für Medizin eingeschrieben.«

»Hört sich an wie eine jüdische Version von Schuster, Schneider, Südseeneger.«

»Leineweber«, sagte ich. »Das heißt Schuster, Schneider, Leineweber. Und wir können uns gut ein Leichentuch weben lassen, wenn Rambam den Typ bei seiner Observierung nicht bald findet. Ich hoffe und bete, dass mich der Verrückte nicht noch mal abmurksen will, nur weil er mich für Abbie hält.«

»Barry Freed«, sagte Ratso.

»Ich hab Rambam vorgeschlagen, sich hier mit uns zu treffen. Er müsste bald da sein. Er hat gesagt, er würde die Wohnung observieren, aber obwohl ich ihn den ganzen Morgen gesucht habe, ist mir kein Fitzelchen von ihm zu Gesicht gekommen.«

»Was glaubst du denn, wie so eine Observierung aussieht?«, fragte Ratso und nahm zielstrebig Pickle Nr. sieben in Angriff.

»Tja, also, ein Mann mit Schlapphut, der in einem Auto hockt und Kaffee trinkt. Alle zwanzig Minuten ein Donut isst. Ab und zu eine Zigarette raucht.«

»Quatsch mit Soße«, sagte Ratso. »Das ist so 'ne typische Hollywood-Gehirnwäsche, so wie man uns weismachen will, Rock Hudson und Doris Day wären das perfekte Paar, und am Ende leben alle glücklich und zufrieden, und eine Observierung entdeckt man beim erstbesten Blick aus dem Fenster. Nur eine schlechte und fantasielose Observierung kann man entdecken. Wenn dein Freund Rambam was taugt, hat er deine Wohnung den ganzen Vormittag nicht aus den Augen gelassen, ohne dass du ihn zu sehen bekommen hast. Ein guter Observierer ist wie Gott.«

»Dann möchte ich es mal so sagen«, sagte ich und sah mich vergebens nach dem Kellner um, »ich glaube nicht, dass es einen Rambam gibt.«

An diesem kritischen Punkt blieb mein Freund Leo Steiner, der nette Pastramihändler und fabelhafte Betreiber des Carnegie, an unserem Tisch stehen. Leo hatte immer viel zu tun, aber auch immer Zeit für einen Freund.

»Kinky! Ratso! Wie geht's euch denn so? Was? Ihr habt keine Stoffservietten bekommen?«

»Schon gut«, sagte ich, »kein Prob…«

»Was zum Teufel soll das?«, rief Leo über die Häupter des Volkes Israel hinweg, das sich an allem Möglichen von Bagels bis Borschtsch gütlich tat. »Gebt ihnen Stoffservietten!«

Man sollte wissen, dass sich der normale Gast im Carnegie Deli den Frischkäse mit einer Papierserviette von der Nase wischt, auf der ein Logo von Leo mit einer riesigen Speisenplatte und dem Slogan »Ich mache guuuuute Sandwiches« prangt. Nur ganz besondere Gäste und Freunde von Leo Steiner erhalten die begehrten Stoffservietten. Der Stoff selbst ist dabei nur ein spirituelles Statussymbol. Eigentlich wertvoll sind die Blicke der anderen Gäste, die kurz von ihrer Matzenkloßsuppe aufsehen und in deren Mienen sich die ganze Gefühlspalette von leichtem Erstaunen über widerwillige Bewunderung bis zu unverhülltem Neid spiegelt.

Wie aus dem Erdboden tauchten plötzlich zwei Kellner auf, der eine legte uns würdevoll Stoffservietten hin, der andere ächzte unter der Last zweier Sandwiches, an deren Größe tatsächlich kein Kopf eines der hier Anwesenden herankam. Der einzige Kopf, ging mir durch meinen, der noch größer war als ein Sandwich im Carnegie Deli, war der des irischen Reporters, den ich im Monkey's Paw kennen gelernt hatte. McGovern, hatte der Barkeeper gesagt, glaube ich.

»Was mich interessiert, Sherlock«, sagte Ratso laut genug, um beim Essen überall gehört zu werden, »ist dieser Drohanruf. Dieser Scheiß vom ›jüdischen Arschloch‹.«

Eine Dame am Nebentisch sah Ratso an, als wäre er eine Kakerlake. Ratso schlang unbeirrt und glücklich sein Sandwich in sich hinein, als wäre er eine Kakerlake.

»Antisemitismus, wohin man schaut, Kinkstah«, sagte er und erwiderte endlich den Blick der Dame, die ihn immer noch angeekelt anstarrte.

»Beachte sie nicht weiter«, sagte ich. »Die ist bloß neidisch auf unsere Stoffservietten.«

»Aber im Ernst«, fuhr Ratso fort, »eine solche Beschimpfung und ein einsamer Revolverheld, der dich irrtümlich in einem Taxi beschießt, klingt nicht gerade nach einem Regierungseinsatz.«

»Wahrlich, mein guter Watson, du machst deinem Scharfsinn alle Ehre. Angesichts dieser niederträchtigen Taten drängte sich mir derselbe Gedanke auf. Ich erkundigte mich bei unserem Freund, wen er hinter diesem Anschlag vermute, und er verstummte auf rätselhafte Weise. Ich werde ihn in dieser Angelegenheit ein weiteres Mal zu Rate ziehen. Womöglich verheimlicht er uns etwas. Stille Wasser sind tief, Watson.«

»Apropos«, sagte Ratso. »Ich hätte gern noch ein stilles Wasser.«

Wir aßen weiter unsere Sandwiches. Wir warteten weiter auf Rambam. Der Kellner vermied weiter unseren Tisch.

»Was meinst du, können das irgendwelche rechten Fanatiker sein, bei denen er sich in den Sechzigern mal unbeliebt gemacht hat?«, sagte Ratso.

»Der Trumpf sticht nicht, Watson. Barrys Verfolger ahnt unter Umständen noch nicht einmal etwas von dessen provokativer Vergangenheit. Womöglich kennt er sein Opfer nur als Barry Freed. Warum sollte er sich andernfalls einer so riskanten und gefährlichen Taktik bedienen? Er bräuchte ihn doch bloß den Bundesbullen ans Messer zu liefern.«

»Brillant, Sherlock! Im Grunde haben wir es also bloß mit den letzten vier bis fünf Jahren zu tun.«

»Und ungefähr so lange könnte es auch dauern, bis dein stilles Wasser kommt. Ach, falls Rambam noch jemals eintrudeln sollte, behalt bitte Barry Freeds wahre Identität für dich. So gut kenn ich Rambam nämlich noch nicht.«

»Aber du vertraust ihm doch.«

»Ach, Watson, wirkliches Vertrauen bringe ich nur dir und mir entgegen, obwohl, bei dir bin ich mir auch nicht so ganz sicher.«

»Noch eine Frage, Sherlock. Warum trägst du angesichts der jüngsten Verwechslung eigentlich immer noch deinen Cowboyhut?«

»Weil ich wie alle Menschen ein Gewohnheitstier bin, guter Watson.«

»Du bestimmt«, sagte Ratso. »Besonders, wenn's ums Rülpsen und Furzen geht.«

Ich überhörte diese Bemerkung, und endlich kamen unser Kellner, unser stilles Wasser und bald darauf auch die Rechnung. Ratso machte sich sofort an eine umständliche und komplizierte Scharade, die das Einpacken und Mitnehmen seiner Sandwichreste anging. Er fintierte ein paarmal in Richtung Hosentasche, aber mir war klar, dass er sich nicht im Ernst an der Begleichung der Rechnung beteiligen wollte.

»Was ist Sache, Ratso? Sind die Spendierhosen gerade in der Reinigung?«, sagte ich und zitierte damit Tom Baker.

»Nein«, sagte Ratso und lächelte unschuldig. »Ich bin ein Gewohnheitstier.«

Ich wollte gerade die Kohle zusammenschaufeln, da geschah zweierlei. Ratso bestellte Käsekuchen zum Nachtisch, und Rambam betrat das Restaurant. Ich machte die beiden miteinander bekannt. Der Kellner brachte den Käsekuchen und setzte ihn pflichtschuldigst auf die Rechnung.

»Was hast du rausbekommen?«, fragte Ratso den Neuankömmling und schob sich eine Wagenladung des Nachtischs in den Mund.

»Krieg dich wieder ein, Mann«, sagte Rambam, »ich hab erst heute Morgen angefangen. Das kann Tage dauern. Ich hab immerhin beobachtet, dass unser Kinky hier ungefähr fünfundzwanzigmal ans Fenster gekommen ist.«

»Komisch«, sagte ich. »Ich hab dich gar nicht gesehen.«

»Hast du wohl«, sagte Rambam. »Ich war der Müllmann am Müllcontainer.«

»Herrgott, dann hab ich dich natürlich gesehen«, sagte ich. »Hast du auch jemanden gesehen, der der Beschreibung nach Barry Freed oder der Unbekannte sein könnte, der ihn verfolgt?«

»Deinem Freund geht, so wie's aussieht, tatsächlich die Muffe. Ich hab ihn zwar einmal am Fenster gesehen, aber als ich los bin, um herzukommen, hatte er sich noch nicht aus dem Haus getraut. Von einem Mann mit langem blondem Haar, der eine Armyjacke trägt, war nichts zu sehen. Ich hab deinen Freund aus dem Lone Star gesehen, diesen Tom Baker, der ist ein paarmal rein und raus, und dann auch 'ne Frau, die der Beschreibung nach deine Freundin Judy sein könnte. Die ist ins Haus rein und nach einiger Zeit wieder weg. Außerdem hab ich 'ne Nonne gesehen, 'n paar schwänzende Kinder, zwei Alkis, einen Typen im Rollstuhl, ein paar Müllmänner, einen Bullen und Tom und Judy, die zusammen durch die Vandam Street spaziert sind.«

»So, so«, sagte Ratso. »Du hast also gar nichts entdeckt.«

»Aber klar doch«, sagte Rambam entrüstet. »Ich hab sehr wohl was entdeckt.«

»Und das wäre?«, sagte Ratso.

»Ich glaube, Tom Baker nagelt Kinkys Freundin.«

23

Als Mann mit dem Verstand eines modernen Sherlock Holmes musste ich definitiv anfangen, meinen Kopf nicht nur als Hutständer zu benutzen. Nicht, dass ich Rambams Scharfsinn misstraute. Es wäre in der Geschichte dieses launischen und heuchlerischen Planeten nicht das erste Mal gewesen, dass jemand einen anderen hinter dem Rücken eines Dritten genagelt hätte. Ehrlich gesagt, war ich vom Bakerman etwas enttäuscht. Einfach etwas enttäuscht.

Aber warum sollte der Bakerman, dieser schmucke junge Draufgänger, der jede Frau um den Finger wickeln konnte, ausgerechnet darauf aus sein, die beischlaftechnische Assistentin seines besten Freundes zu stöpseln? Lag das in der Widernatur des menschlichen Wesens? Hatte Rambam zu viel in ihr Verhalten hineingelesen? War Judy die große, verpasste Liebe meines Lebens? Nur auf die letzte Frage hatte ich eine Antwort, und die war negativ. Die Liebe meines Lebens war längst Rauch über dem Vatikan. Rauch über Bergen-Belsen. Rauch aus der Dampflokomotive der Canadian-Pacific. Rauch aus dem Kühler eines 1948er Hudson. Rauch aus einer Mentholzigarette der Marke Benson & Hedges mit der Farbe von Blut an einem Filter in der Farbe von Schnee oder Kokain, wie's beliebt. Kingsize-Rauch. Rauch, der ein Cowboyherz für alles blind macht außer für die Lagerfeuer der Vergangenheit.

So etwas passiert eben, wenn man einen flügellahmen Vogel aufnimmt, sagte ich mir. Kaum ist der Flügel ausgeheilt, wird man damit totgeschlagen. Trotzdem war ein kleiner Garderobenschwatz mit meinem Kumpel Tom Baker fällig. Und meine treue Freundin Judy stand auch auf der Liste. Das Wichtigste aber war vielleicht, dass mich diese persönlichen Probleme nicht davon ablenkten, Abbie nach der Identität des geheimnisvollen Fremden auszuhorchen, der dafür gesorgt hatte, dass mir Expressglassplitter in den Nacken gerast waren. Ob das Glas aus der Sixtinischen Kapelle oder der Heckscheibe eines Taxis stammt – das Schmerzliche eines solchen Missgeschicks vergisst man nicht so schnell. Außerdem musste ich mir immer wieder einschärfen, dass jeder gute Detektiv die Maxime »Traue niemand« auf dem Skrotum eingestanzt trägt. Angesichts der Umstände würde es mir nicht schwer fallen, mich daran zu halten.

Derlei ging mir durch den Kopf, während die Eighth Avenue am Fenster vorbeizog und das gelbe Taxi meines flackernden Vertrauens sich auf den schleppenden Weg zu einem Zuhause machte, das ich nicht hatte. Irgendwo im Village stieg ich aus und ging den Rest zu Fuß. Ich trug meinen schwarzen Stetson, aber niemand schoss auf mich. Es rief auch niemand: »Hi, Cowboy!« Vielleicht verlor ich wirklich meinen Sex-Appeal. Halb so wild, angeblich wird Sex sowieso überschätzt. Man sollte hinzufügen, dass ein stiller Rücktritt aufs stille Örtchen auch immer unterschätzt wird.

Dunkelheit und Nieselregen platzten in die traute Party, als ich rechts in die Vandam und damit die Zielgerade zum Loft einbog. Hinter dem Müllcontainer lungerte eine Gestalt in der Tracht eines Müllmanns herum. Rambam war wieder auf dem Posten.

»Was meinst du?«, fragte ich ihn. »Soll ich Judy abservieren?«

»Du servierst sie ab«, sagte der Müllmann, »und wir transportieren sie ab.«

Es war nicht Rambam.

Als ich in den Loft kam, fummelte Tom Baker gerade umständlich am Kaffeekocher herum. Ich schüttelte das Regenwasser vom Hut, warf einen Blick ins leere Schlafzimmer, holte tief Luft und ging zur Küche, um mir die Operation anzuschauen. Baker legte sorgfältig ein paar Eierschalen ins Kaffeemehl.

»Drei Fragen«, sagte ich.

»Dann mal los, Junge«, sagte Baker. »Nur durchs Fragen lernen wir das Leben kennen, die Liebe, den Wahnsinn und wie man Eierschalen in den Kaffee praktiziert.«

»Erstens«, sagte ich. »Wo ist Abbie?«

»Meinst du Barry Freed?«

»Ich stelle hier die Fragen«, sagte ich gereizt. »Wo zum Teufel ist er?«

»Ist weg, als ich kam. Das war vor etwa einer Stunde. Weiter.«

»Warum tust du Eierschalen in den Kaffee?«

»Das mach ich einfach schon sehr, sehr lange. Eine einsame Tradition. Der Kaffee schmeckt dadurch vielleicht nicht besser, aber es nimmt dem Leben etwas von seiner Bitterkeit. Und die dritte Frage?«

»Hast du letzte Nacht Judy genagelt?«

Tom Baker stand kurz da wie ein Mann, der sich mit seiner Krawatte unterhält. Dann lachte er aus vollem Hals.

»Kannst du die letzte Frage noch mal wiederholen?«, sagte er.

»Tu nicht so«, sagte ich. Mir war nicht zum Lachen zumute. »Hast du bei Judy ein Rohr verlegt?«

»Natürlich nicht«, sagte der Bakerman. »Sie kann zwar ziemlich ungestüm sein, aber sie ist eine anständige Braut. Und sie ist *deine* Braut, und du bist *mein* Freund. Gut, sie ist aufgeschlossener als du. Wir haben uns gestern Abend in einem Club etwas Heroin eingepfiffen.

Skeg kann 'ne komische Wirkung haben, und ich muss gestehen, dass ich sie letzte Nacht wahrscheinlich nicht mal mit Ratsos Penis hätte nageln können. Sie ist für alles offen, aber treu. Niemals würde ich mit deiner Perle vögeln. Außer sie wäre deine Frau.«

»Ich spare mich für Anne Frank auf«, sagte ich.

»Wir haben uns gut amüsiert«, sagte Baker, und aus seinen grünen Augen funkelte es verschmitzt. »Aber am Ende hab ich's nur geschafft, ihr die Haare zu schneiden.«

»Sodass sie jetzt wie ein französischer Zeitungsjunge aussieht?«

»Schön wär's.«

»Ein Page à la Oscar Wilde?«

»Ihr Haupthaar habe ich nicht angerührt«, sagte Baker. »Ein Engländer würde vielleicht sagen, ich habe ihr das Vlies frisiert. Hast du hoffentlich nichts gegen, Alter.«

Ich weiß nicht, ob wir so viel von der freien Liebe der Sechziger übrig behalten hatten oder ob sich Tom Bakers unerschütterlicher irischer Charme durchgesetzt hatte. Ich weiß nur, es klang eher komisch als ernst. Und mir wurde klar, dass ich Judy nie so lieben würde wie den Bakerman. Das soll nicht heißen, dass ich ab sofort mit einer griechischen Matrosenmütze durchs Village laufen wollte. Es hieß bloß, dass ich Judy nie eine echte Chance gegeben hatte. Schon bevor wir uns kennen lernten, hatte mir der Tod eine Anziehpuppe verkauft.

Als Baker uns zwei Tassen von seinem Gourmetkaffee eingoss, war der Stresskongress vorbei. Er schob alles dem Heroin in die Schuhe. Der Teufel habe ihn dazu verleitet. Ich war eher amüsiert als verärgert.

»Ich sage dir wenigstens immer die Wahrheit«, sagte er. »Das kannst du nicht von allen deinen Freunden sagen. Barry Freed zum Beispiel. Wenn dir wer folgt und dich kaltmachen will, ahnt man normalerweise wenigstens, wer der Arsch sein könnte. Ich glaube, dein Kumpel verschweigt dir was.«

»Ich werde auch ihm ein paar Fragen stellen.«

»Gut. Denk dran: Was er dir verschwiegen hat, hätte dich gestern Abend fast umgebracht.«

»Reine Verwechslung.«

»Du gehst echt unbekümmert an die Dinge ran.«

»Was für Dinge?«

»Den Scheiß mit Judy und mir. Eine Kugel, die dich haarscharf verfehlt.«

Ich parafrisierte F. W. Bernstein: »Rasch tritt der Tod den Menschen an im Taxi auf der Lebensbahn.«

24

Ich hatte Tom Baker schon gekannt, als Jesus noch ein Cowboy war, nur hatte in den letzten zwei, drei Jahren sein Verhalten etwas beunruhigend Sprunghaftes bekommen. Seinen Niedergang hinsichtlich Urteilsvermögen, psychischer Stabilität und gesundem Menschenverstand – wovon er allerdings nie viel besessen hat – schrieb ich hauptsächlich dem Heroin zu. Der Versuch, den Verfall und Untergang eines lieben, heldenhaften Freundes aufzuhalten, ist nie ganz einfach. Von meiner Warte aus, dank Kokain meistens ziemlich high, war das erst recht schwer. Im Leben und manchmal auch im Sterben ist es nun einmal so, dass Heroin und Kokain die Leute auf verschiedene Planeten verfrachtet. Die Erde ist es in beiden Fällen nicht. Das ist der springende Punkt, nehme ich mal an. Oder wie mein alter texanischer Freund Slim immer sagt: »Du musst herausfinden, was du wirklich magst, um dich dann davon umbringen zu lassen.«

Der Bakermanvorfall klang zwar wahr, war aber im Moment nicht mein Problem. Im Taxi meiner verdoppelten Entschlossenheit, das Geheimnis zu lösen, wer Abbie Hoffman abmurksen wollte, musste sich mein Privatleben, falls man das noch so nennen konnte, mit dem Rücksitz begnügen. Ratso hatte angedroht, am folgenden Vormittag vorbeizuschauen, und leidlich freute ich mich auch auf seinen Besuch. Ich musste zugeben, dass er als mein getreuer Dr. Watson mit charmanter Naivität an die Ermittlungen heranging. Immer vorausgesetzt, es gab etwas zu ermitteln. Zur Cinderellazeit war Abbie noch immer nicht in den Loft zurückgekehrt.

Der Bakermann war auf einer Party, und ich hielt den Zeitpunkt für gekommen, einmal Abbies im Schlafzimmer deponierte Besitztümer durchzusehen. Die leichte Verletzung seiner Privatsphäre machte mir nichts aus. Ich war davon überzeugt, dass wir alle in Lebensgefahr schwebten, solange ich nicht enthüllen konnte, wer ihm nachstellte.

Für einen Exhippie und Exyippie war Abbie ein überraschend ordentlicher Typ. Im Gegensatz zu seinem letzten Gastgeberserker Ratso, der einzigen analfixierten Drecksau der Welt. Das Problem, Abbie Hoffmans Besitztümer zu durchwühlen, war vielmehr, dass es nicht viel zu durchwühlen gab. Nur einen halb vollen Matchbeutel, und da waren fast nur Klamotten drin.

Ich weiß nicht, was ich erwartet hatte – es fand sich jedenfalls nicht. Weder Notizen noch Briefe, Tagebücher, Kalender oder Adressbücher. Was Abbie Hoffman auch für Inventare führen mochte, er trug sie anscheinend nur zwischen den Ohren. Unten im Matchbeutel fand ich einen Gedichtband von Charles Bukowski mit dem Titel *Lauf mit den Gejagten.* Ich wusste, dass Bukowski ständig betrunken war, ständig kotzte, und wenn man Ratso glauben durfte, eng mit ihm befreundet war. Vielleicht musste er ja deswegen so viel trinken und kotzen.

Ich blätterte in dem Bändchen, da fiel ein Zettel auf den staubigen Schlafzimmerboden. Ich fühlte mich wie die drei Fragezeichen, hob ihn auf und hielt ihn ins Licht der kahlen Glühbirne. In Abbies Handschrift oder der einer linkshändigen Spinnenkrabbe stand da: »Kunstler anrufen wg. Widder Gottes«. Darunter stand eine Telefonnummer, vermutlich die von William Kunstler, dem berühmten Radikalenanwalt, der Abbie und den Rest der Chicago Seven verteidigt hatte, nachdem sie 1968 den Parteitag der Demokraten hatten sprengen wollen. In meinen Augen ohne viel Erfolg. Wenn man eine Revolution plant und am Ende mit Nixon dasteht, sollte man die Sache noch mal überdenken.

Ich packte das Buch und die kärglichen Siebensachen meines auf der Flucht befindlichen Freundes wieder in den Matchbeutel. Den Zettel steckte ich in die Tasche. Endlich hatte ich eine erfolgversprechende Spur, wie wir Angehörigen der Verbrechensbekämpfung das nennen. Der Zettel machte zwar nicht viel her, war aber vielleicht der Freischein, der meinen Cowboyhut vor dem Explodieren bewahrte. Wenn Abbie die Zähne auch weiterhin nicht auseinander brachte, würde ich ihm den Zettel unter die Nase halten. Befriedigte er meine Neugier auch dann nicht, konnte ich vielleicht Kunstler irgendwelche Einzelheiten aus der Nase ziehen. Wenn man jemanden sucht, der einen anderen verpfeifen will, sollte man sich immer erst an einen Anwalt wenden. Ich ging zum wackligen Beistelltischchen, zog mir die Orangenkiste heran und wählte dann eine altvertraute Nummer. Eine altvertraute Nagerstimme meldete sich.

»Kinkstah!«, sagte sie. »Ich hatte gerade einen Albtraum.«

»Ich auch«, sagte ich, »dabei hab ich gar nicht geschlafen. Wer sind die Widder Gottes?«

»Von denen hab ich schon gehört«, sagte Ratso. »Das ist eine wieder geborene Profi-Football-Mannschaft.«

»Wohl eher nicht, mein guter Watson«, sagte ich. »Sie könnten ein entscheidender Hinweis sein, um unseren Schuldigen zu schnappen.«

»Schnapp dir den hier«, sagte Ratso und schickte hörbar seine Leibwinde auf Freigang.

Ich legte auf, zündete mir eine Zigarre an, ging nach unten und suchte Rambam. Ich war überzeugt, mit dem »Widder Gottes«-Zettel auf etwas Wichtiges gestoßen zu sein, und dachte mir, Rambam könnte vielleicht etwas Wolle ins Dunkel bringen. Im Foyer schlief wieder der Penner in seinem zerlumpten alten Mantel und mit einer über die Augen gezogenen schwarzen Strickmütze. Als ich vorbeiging, kam Leben in die Gestalt, und sie drehte sich zur Wand.

»Wenn diese Scheißobservierung noch lange dauert, gehen mir die Verkleidungen aus«, sagte er.

»Rambam«, sagte ich. »Genau der Mann, den ich suche.«

»Jammerschade, dass ich den Mann nicht in die Finger kriege, den ich suche«, sagte er. »Ich hab ein paarmal gesehen, wie er hinter dem Haus herumgestreift ist, aber vielleicht hat er mich auch langsam durchschaut. Außerdem hat mich dieser Scheißcop Cooperman wegen Stadtstreicherei auf dem Kieker.«

»Vielleicht hilft dir das hier weiter«, sagte ich und gab ihm den Zettel. »Ich hab ein bisschen auf eigene Faust ermittelt, und das hier hab ich bei Barry Freed im Matchbeutel gefunden.«

»William Kunstler«, sagte Rambam. »Dieser Kotzbrocken. Was hat Barry Freed denn mit William Kunstler am Hut?«

»Frag mich nicht.«

»Tu ich aber«, sagte Rambam argwöhnisch.

»Ich weiß nicht, ob Kunstler so wichtig ist, aber wer sind die Widder Gottes?«, sagte ich.

»Rechte religiöse Fanatiker«, sagte Rambam. »'ne Art Bürgerwehr.«

»Barry hat gestern Abend einen Anruf bekommen. Eine Morddrohung. Er wurde als ›jüdisches Arschloch‹

beschimpft. Das könnte passen. Rechte religiöse Fanatiker hassen Juden doch bestimmt.«

»Da gibt's nur ein Problem«, sagte Rambam.

»Und das wäre?«

»Alle anderen auch«, sagte er.

25

Die Tage huschten vorbei wie kleine gelbe Schmetterlinge, die unaufhaltsam in den lächelnden Kühlergrill eines 1948er Hudson gesogen wurden. Der Mann, der sich Barry Freed nannte, kam nicht in den Loft zurück. Ratso wurde als Redakteur von *High Times* richtig fleißig. Die Kerze des Bakerman brannte auch weiterhin an beiden Enden, ihr geisterhaftes Licht flackerte manchmal fast sichtbar in seinen Augen. Was Rambam in jener schicksalsschweren Woche tat, weiß ich nicht. Vielleicht hatte er an der Polizeischule zu tun. Vielleicht war er an die Jeschiwa zurückgegangen. Mit Sicherheit wusste ich nur, dass der Penner, der im Foyer schlief, nur noch ein Penner war, der im Foyer schlief.

Judy und ich trafen uns gelegentlich, aber etwas hatte sich verändert, und wir wussten beide, was es war. Baker hatte Judy bestimmt von unserem Gespräch erzählt, was sie mir aber nicht unter die Nase rieb. Was mich anging, mochte ich ihre neue Frisur. Als ich die Sache eines Nachts im Bett in Augenschein nahm, sagte ich ihr das auch.

»Gefällt mir, was du mit deinen Haaren angestellt hast.«

»Ich dachte schon, du würdest nie was merken«, sagte sie.

»Na ja, ich war in letzter Zeit nicht ganz bei der Sache. Da hätte mich beim Schluchtjodeln auch Harpo Marx begleiten können, ohne dass ich was gemerkt hätte.«

»Ich schon«, sagte sie. »Der redet nicht so viel.«

Wenn ich nicht mit Judy zusammen war oder den Bakerman piesackte, der die Gäste im Monkey's Paw terrorisierte, lebte ich ein ödes, spärlich möbliertes Leben im öden, spärlich möblierten Loft. Die meiste Zeit war das ein einsames, fast mönchisches Leben. Ich las in dem Buch von Charles Bukowski und sah ziemlich schnell unglückliche Parallelen zwischen dem unglücklichen Leben des Dichters und meinem eigenen. Beide tranken wir viel. Beide litten wir unter regelmäßigen Anfällen von Zielkotzen. Und natürlich kannten wir beide Ratso.

In diesen lauwarmen Hexenkessel der Leere plumpste auf einmal etwas Unerwartetes. Ich trank eines Abends gerade Jameson, rauchte eine Zigarre und las zum siebten Mal eines der abartigeren Elaborate von Bukowski, da klingelte das Telefon.

»Schieß los«, sagte ich.

»Ich bin's«, raunte jemand.

»Barry?«

»Genau.«

»Alles klar?« Ich hütete mich zu fragen, wo er steckte.

»Das Arschloch ist immer noch hinter mir her.«

»Der Typ kommt ganz schön rum«, sagte ich. »Hier ist er auch ein paarmal gesichtet worden. Ich versteh bloß nicht, warum er dir auf der Pelle bleibt, dich aber nicht abmurkst.«

»Frag ihn doch, wenn er dir das nächste Mal übern Weg läuft. Ich komm heute Abend zurück.«

Genau das hätte nicht passieren dürfen, wie mein Vater zu sagen pflegte. Kaum hatte ich mich daran gewöhnt, Charles Bukowski zu sein, musste ich wieder Sherlock Holmes spielen. Als wäre das nicht schon schlimm genug, klang Abbie jetzt definitiv so, als kochte er auf einem anderen Planeten.

»Gut«, sagte ich. »Wann kommst du denn?«

»Gegen zweiundzwanzig hundert.«

»Militärzeit ist mir nicht geläufig«, sagte ich. »Außerdem ist der Krieg vorbei.«

»Das glaubst aber auch nur du«, sagte er. Wie immer hatte er aus Sicherheitsgründen bereits aufgelegt, als ich gerade noch sagen wollte, sein Besuch wäre vielleicht doch keine so gute Idee.

Gegen elf war ich mit Tom Baker und noch ein paar Nichtsnutzen im Monkey's Paw verabredet. Wenn zweiundzwanzig hundert so was wie zehn Uhr bedeutete, was ich schwer hoffte, konnte ich Abbie ja noch aushorchen, bevor ich so zugeballert war, dass mich nichts mehr kratzte. Ich las also noch ein bisschen Charles Bukowski, trank noch ein bisschen, und dann kotzte ich ein bisschen. Es ist immer gut, wenn man sich alles noch mal durch den Kopf gehen lässt. Das erinnerte mich dunkel an die laut Willie Nelson letzten Worte von Elvis: »Mais? Wann hab ich Mais gegessen?«

Wie sich zeigte, tanzte Judy dann noch vor Abbie an. Ich sagte ihr, mein Freund Barry würde im Loft pofen, mit dem wolle ich zuvor ein paar Sachen regeln, aber dann würde ich mit ihr ins Paw gehen. Für Judy klang das wohl wie ein Plan, sie wusste ja nicht, dass Barry eigentlich Abbie war, was sie aber wahrscheinlich auch nicht gekratzt hätte.

Gegen zehn Uhr kam ein Sturmwind hereingeweht und bald darauf auch Abbie. Ein kurzer Blick in seine Augen verriet mir, dass auch er nicht wusste, dass Barry eigentlich Abbie war, und möglicherweise war auch ihm das scheißegal. Wenn es mit Abbie tatsächlich bergab ging, war das ein bisschen bedenklich, zumal die Hälfte der Bundesbullen im Lande darauf brannte, ihn aufzufangen, wenn er abstürzte.

Er war kaum hereingeschneit, da griff er unter den Mantel, zog eine große Knarre hervor und fuchtelte damit im Loft herum. Die plötzliche Erregung, gepaart mit dem Wahnsinn in seinen Augen, versetzte Judy ziemlich in Panik. Auch für meine Nerven war sie nicht gerade Balsam.

»*Viva Zapata!*«, schrie er.

»Äh … Barry … Ich weiß nicht, ob das wirklich …«

»*Viva Che!!*«, schrie Abbie, fuhr herum und nahm die Pose eines Revolverhelden ein.

»Herrgott, Abbie …«

»Wer ist Abbie?«, fragte Judy und duckte sich hinter die Anrichte.

»Genau, wer ist Abbie?«, fragte Abbie und zielte unbekümmert auf eingebildete Gegner, zu denen augenscheinlich auch Judy und ich zählten.

Irgendwann ging ihm die Puste aus, und da wirkte er dann uralt und kindlich zugleich. Wie ein toter Teenager. Ich nahm ihm die Waffe ab. Sie war nicht geladen.

»*Alle Anhänger der Freiheit mir nach!*«, schrie er halbherzig.

Wir folgten ihm ins Schlafzimmer, wo ich ihm zwei blaue Valium verabreichte, die Dr. Bock eigentlich Judy verschrieben hatte. Kaum machte ich das Licht aus, schlief er schon. Ich warf mir ebenfalls zwei blaue Valium ein, dann gingen Judy und ich die Treppe hinab und in die regengepeitschte, duftende New Yorker Nacht hinaus. Erst im Taxi zum Monkey's Paw machte Judy wieder den Mund auf.

»Dein Freund ist ziemlich betrübt, oder?«, sagte sie. »Er hat so verlorene und trostlose Augen. Eigentlich gar nicht die eines Wahnsinnigen. Eher die eines beunruhigten Kindes. Wer ist das eigentlich?«

»Einer von den Typen, die die Sechziger erfunden haben«, sagte ich.

26

Der Regen hatte bereits nachgelassen, als uns das Taxi an der Seventh Avenue vor Village Cigars ausspuckte. Wir betraten den Laden, Judy kaufte sich Zigaretten, und ich kaufte fünf Hoyo de Monterrey Rothschild, English Market Selection. Das waren kurze und fette Zigarren, aus unerfindlichen Gründen vielen Leuten, die sie rauchten, sehr ähnlich. Ich war nicht kurz und gegenwärtig eher hager wie Jesus, also mussten mir die kleinen Scheißer aus anderen Gründen ans Herz gewachsen sein.

»Kannst du mir einen Gefallen tun?«, fragte ich Judy.

»Jederzeit«, sagte sie, »außer wieder auf Ratsos Sofa mit dir zu schlafen.«

»Wenn du das nächste Mal bei Dr. Bock bist, frag ihn doch bitte, ob sich vielleicht mit Freud begründen lässt, warum ich so auf diese großen, fetten, dunkelbraunen Zigarren stehe. Wahrscheinlich will ich insgeheim Negerpenisse oder so rauchen, aber eine professionelle Einschätzung kann ja nicht schaden.«

»Wenn ich ihn das frage, weiß er definitiv, dass ich verrückt bin«, sagte Judy.

»Sag ihm halt nicht, was wir für ein Verhältnis haben. Sag einfach, du hast einen Bekannten, der neuerdings eine Zwangsneurose hat und sich deswegen Sorgen macht. Und erzähl mir hinterher wortwörtlich, was er gesagt hat.«

»Wenn du das verkraften kannst.«

»Wenn ich herumlaufen und ständig einen großen Negerpenis paffen kann, dann kann ich wohl fast alles verkraften.«

»Ich frag ihn«, sagte sie. »Aber vorläufig solltest du dein kleines Problem für dich behalten.«

»Wird gemacht«, sagte ich und zündete mir auf dem Gehweg eine Zigarre an. Ein großer freundlicher schwarzer Mann mit Baskenmütze lächelte mich an und zwinkerte zweideutig. Ich erwiderte das Zwinkern nicht.

»Apropos«, sagte ich, »hast du Tim in letzter Zeit mal wieder gesichtet?«

»Nein«, sagte Judy. »Ich nehme mal an, dass ich mir doch alles bloß eingebildet habe. Jetzt seh ich nur noch große Schwarze, die dir auf dem Gehweg zuzwinkern.«

»Lächerlich«, sagte ich.

Kurz darauf waren wir sicher in den Innereien des Monkey's Paw und fanden uns in einer vom Straßenleben grundverschiedenen Welt wieder. Hier herrschte an diesem Abend hektische Betriebsamkeit. Der Lärm war ohrenbetäubend, nur eine einzige Stimme erhob sich deutlich über den Radau. Sie hatte einen glücklichen, leicht bedrohlichen Singsang, der mir bekannter vorkam, als mir lieb war. Sie erscholl von der Bar und wiederholte ein ums andre Mal denselben Refrain eines Kinderliedes wie das diabolische Mantra eines Betrunkenen. Je weiter wir uns durch die Menge zur Bar schoben, desto genauer verstanden wir die sorgfältig artikulierten Worte.

»Kennt ihr nicht den Bakerman, den Bakerman, den Bakerman? Kennt ihr nicht den Bakerman …«

An dieser Stelle schrie jemand »Schnauze!«, und der aufreizend deplatzierte kleine Solovortrag verstummte. In Barnähe hörte man leises Gegrummel, dann wurde der Geräuschpegel wieder ohrenbetäubend. Wie die Sirenen, die Odysseus zu sich lockten, oder wie eine Stimme im Wind vernahm man kurz darauf wieder das Liedchen.

»Kennt ihr nicht den Bakerman, den Bakerman, den Bakerman? Kennt ihr nicht den Bakerman …«

»Schnauze, verdammt noch mal!«

Kurze Stille.

Stimmengewirr.

Fast wieder normal.

Dann ging's von vorn los.

»Kennt ihr nicht den Bakerman, den Bakerman …«

»Schnauze, verfluchte Scheiße!«

Tom Baker grinste boshaft in sein Guinness, als wir uns neben ihn an die Bar stellten. Auf seiner anderen Seite stand McGovern, der große irische Reporter mit dem großen Kopf, und ein ausnehmend charmanter Radaubruder aus Neuseeland namens Ross Waby. Den beiden schien Tom Bakers A-cappella-Gesang zu gefallen. Die restlichen Stammgäste dagegen waren offenbar alles andere als amüsiert. Das galt besonders für den Barkeeper, einen großen, humorlosen, verkniffenen Kontrollfreak namens Fred. Anscheinend hatte Fred dem Bakerman gerade eine Standpauke gehalten, denn abgesehen von der ständig in dessen Augen glitzernden Bosheit ähnelte sein Benehmen dem eines runtergeputzten Schülers.

»Was ist mit dem Recht auf freie Meinungsäußerung?«, fragte McGovern den Nacken des großen Barkeepers theatralisch. Der Barkeeper machte sich am Judenklavier zu schaffen, auch bekannt als Registrierkasse. Niemand an der Bar achtete auf McGovern.

»Gibt's nur in Amerika«, sagte Ross Waby wehmütig.

»Was ist mit ›Der Kunde ist König‹?«, rief McGovern, diesmal lauter.

Keine Reaktion. Ich wollte eine Runde bestellen, aber der Barkeeper mied jetzt beharrlich unseren kleinen Abschnitt des Mahagonis.

»Jungs, ihr seid das reine Gift«, sagte ich. »Ich kann nicht mal was zu trinken bestellen.«

»Mal sehen, was sich da machen lässt«, sagte Baker.

Bevor ihn jemand aufhalten konnte, stimmte er wieder lauthals sein Kinderlied an. Diesmal schoss der Barkeeper herbei wie eine Lenkwaffe. Er beugte sich über die Bar, und sein wütendes Gesicht kam nur eine Handbreit von Toms entfernt zum Stehen. Fasziniert sah ich, wie an seinem Hals mehrere große Venen bedrohlich pulsierten. Tom trank lässig einen Schluck Guinness.

»Ich hab dir gesagt, dreh den Ton ab«, sagte der Barkeeper wütend. »Wenn ich diesen Idiotensong noch einmal höre, fliegst du hier ein für alle Mal raus. Hausverbot. Ich mein's ernst, Bürschchen. Ich will diesen Scheiß nicht mehr hören.«

Die ganze Bar verfolgte das Intermezzo, während der runtergeputzte Baker in sein Guinness starrte. Als er hochsah, war das immer noch wutverzerrte Gesicht des Barkeepers wieder etwa eine Elle weit weg, ungefähr die Länge des durchschnittlichen Negerpenis, wie ich schätzte.

Es ging leise und langsam los, fast wie ein Wiegenlied. An der Bar war es plötzlich totenstill, weshalb es jetzt deutlich zu hören war. Tom Baker sang also wieder vor sich hin. Diesmal sang er es allerdings als eine Art irische Hymne, nicht als Protestsong gegen einen Barkeeper, sondern als Protestsong gegen das Schicksal, gegen die Götter, gegen das auf den Hund gekommene Leben. Kein boshaftes Glitzern mehr in den Augen. Was jetzt in ihnen leuchtete, lässt sich am besten als erdverhafteter Charme und todverhaftete Eifersucht beschreiben.

»Kennt ihr nicht den Bakerman?«, sang er leise. So verrückt es war, in diesem Augenblick wusste ich, warum ich zu ihm immer als zu dem spirituellen großen Bruder aufsah, den ich selbst nie gehabt hatte.

Was dann geschah, geschieht alle Tag und Nacht in Bars auf der ganzen Welt, obwohl es da meist um

Menschen geht, die den Bakerman nicht kennen. Der Barkeeper Fred und mehrere seiner bulligen Spießgesellen hechteten über den Tresen und gingen auf Tom Baker los. Der hatte sie schon erwartet. Judy, etliche in der Nähe stehende Kunden und ich flogen im anschließenden Handgemenge herum wie Pokerchips. McGovern ging nach einem Schlag zu Boden, und Baker verpasste dem Barkeeper einen sauberen rechten Schwinger. McGovern rappelte sich schnell wieder auf.

»Was ist mit *Keep the customer satisfied?*«, rief er.

»Wir schaffen den Jungen lieber hier raus«, sagte Ross Waby. »Die Eingeborenen werden ungemütlich.«

Schließlich schubste und stieß ein ganzer Rattenschwanz von Barangestellten den schäumenden Bakerman zur Tür des Etablissements hinaus. Seine Akazien standen ziemlich schlecht. Ross, McGovern und ich taten unser Möglichstes, ihn vor dem Lynchen zu bewahren, und beschützten gleichzeitig Judy vor den geballten Fäusten und dem Druck der Menge. Oben an der Treppe drehte sich Baker zu einer letzten Verspottung seiner Widersacher um, die seinen erzwungenen Abgang mehrheitlich bejohlten.

»Ich bin schon aus besseren Spelunken rausgeflogen«, rief er. »Ich komme wieder!«

Baker lachte wie ein Held beziehungsweise wie ein Wahnsinniger, als wir zu fünft die Seventh Avenue überquerten und zusammen in Richtung Loft gingen. Ein seltsamer Ausdruck persönlichen Triumphs lag in seinen Augen, und ich war froh, dass ich verrückt genug war, diesen Triumph zu verstehen und zu teilen. Wir waren ein kleiner Aufmarsch von Soldaten, die aus einem Krieg zurückkehrten, den sie fast gewonnen hätten.

Als wir in die Vandam Street kamen, war das Village bereits still geworden, und auch uns überkam diese friedliche, fast meditative Gelassenheit. Wir überlegten gerade, ob wir noch einen Abstecher ins Ear machen oder lieber im Loft den Rest von meinem Jameson umbringen sollten, da geschah es. Eine mächtige Explosion zerriss das andere Ende der Straße. Qualm und Schutt drangen aus den Fenstern im ersten Stock eines der Häuser, und ich konnte mir denken, welches es war.

»Heiliger Bimbam!«, sagte Baker. »Das war unsere Wohnung!«

»Abbie schläft doch da!«, sagte Judy und brach sofort in Tränen aus.

»Abbie?«, sagte McGovern, der Neuigkeiten gegenüber immer aufgeschlossen war. »Abbie Hoffman?«

Ich nickte stumm. Kleine gelbe Schmetterlinge flatterten aus den Überresten der Fenster meines Lofts. In dumpfer Trauer stand ich vor dem Haus, kleine Flammen leckten durch die Dunkelheit, und dicker, dunkler Rauch trieb wie der Teufel selbst in die Nacht hinaus.

Baker bekam schließlich irgendwie die Haustür auf und rannte die Treppe hoch, McGovern und Waby blieben ihm dicht auf den Fersen. Judy schluchzte. Wir beide folgten den anderen langsam. Angesichts der verheerenden Detonation schien Eile nicht angebracht zu sein. Wer immer sich im Loft aufgehalten hatte, war jetzt kross angebraten.

»Wer kann so etwas bloß tun?«, sagte Judy. Aus allen Richtungen drang jetzt Sirenengeheul durch die Nacht.

»Keine Ahnung«, sagte ich.

»Was hat das alles zu bedeuten?«, sagte sie.

»Dass die Sechziger endgültig vorbei sind«, sagte ich.

27

»Kommt rein, Leute!«, rief eine Gestalt, die ich auch im Qualm als Rambam erkannte. »Wir grillen gerade ein paar Würstchen.«

»Hoffentlich kein armes Würstchen«, sagte ich und betrat mit Judy die Ruinen des Lofts. »Scheiße, Mann, was hast du denn hier zu suchen?«

»He«, sagte Rambam fröhlich, »eine Observierung ist eine Observierung. Leider ist mir gerade einer entfleucht.«

»Komisch, man riecht gar nichts«, sagte ich.

Bevor wir das Gespräch fortsetzen konnten, zeichnete sich hinter Rambam eine zweite große Gestalt ab. Tom Baker.

»Hast du im Schlafzimmer nachgesehen?«, fragte ich ihn, obwohl ich nicht scharf auf die Antwort war.

»Da ist keiner«, sagte Tom. »Nur McGovern und Waby, die im Rauch ständig übereinander stolpern. Und natürlich unser Ass von Observierer hier, Rambam.«

Rambam und Baker tauschten Blicke, die unter anderen Umständen als vernichtend gegolten hätten. Aber mit dichtem Rauch in den Augen verzichtet man auf vernichtende Blicke.

»Soll das heißen, im Schlafzimmer ist niemand?«, sagte ich.

»Er ist weg«, sagte Baker.

»*Natürlich* ist er weg«, sagte Rambam. »Er ist hinten raus, als ich vorn observiert hab. Ein Jammer, dass ich nicht vorn und hinten gleichzeitig sein kann. Ich bin ihm nach, aber er ist mir durch die Lappen gegangen. Offenbar tauge ich nicht viel als Kalle Blomquist.«

»Dann ist Abbie also am Leben!«, sagte Judy und ließ ihren Tränen erneut freien Lauf.

Ich hatte keine Ahnung, ob ihre Tränen vom Rauch herrührten oder von der Tatsache, dass ein Dinosaurier der Sechziger dem Aussterben entgangen war. Irgendwie spielte es auch keine Rolle. Oder irgendwie doch. Man wünscht sich immer, dass Gestern im Spiel von Morgen antritt, aber oft hört man bloß, fällt aus wegen Nebel.

»Abbie?«, sagte Rambam.

»Der Typ, der verschwunden ist, heißt Barry Freed«, sagte ich.

»Der Typ, der gleich verschwunden ist, bin ich«, sagte Rambam, »und dann sitzt ihr bis zum Hals in der Scheiße. Wer ist dieser blöde Barry Freed, und wo ist er hin?«

»Du bist ihm doch gefolgt«, sagte Baker. »Du musst das doch am besten wissen.«

»Das betreffende Subjekt«, sagte Rambam, »wurde letztmals in einer alten Armyjacke gesehen, stand auf der Feuertreppe und warf eine Handgranate.«

McGovern und Waby hatten inzwischen die Reste des Spirituosenschränkchens beschlagnahmt, und Baker versteckte hastig die Marschverpflegung, da hörte man auch schon die schweren Schritte der Cops die Treppe des alten Lagerhauses hochkommen. Rambam packte mich am Arm und zog mich zur Rückseite des Lofts, von wo aus der Typ anscheinend die Handgranate geworfen hatte. Hier waren die Schäden sogar noch schlimmer, und das Gespräch wurde es auch.

»Hätte ich gewusst, dass Barry Freed in Wahrheit Abbie Hoffman ist, hätte ich genüsslich zugesehen, wie eine Handgranate ihn in Stücke reißt«, sagte Rambam gleichmütig.

»Hat sie aber nicht«, sagte ich. »Er muss vorn raus sein, als du den Blonden in der Armyjacke hinten verfolgt hast.«

»Ja. Leider. So geheimnisvoll, wie der getan hat, und als du dann noch William Kunstler erwähnt hast, hätte mir eigentlich klar sein müssen, dass an dem Burschen was faul war. Dummerweise hab ich dir geglaubt.«

»Tut mir Leid. Ich dachte einfach, Abbies Identität so weit wie möglich zu schützen, wäre genauso wichtig, wie Abbie zu schützen.«

»Wenn du mal wieder Hilfe brauchst und mir einen vom Pferd erzählst, schützt du dich lieber vor mir. Wenn ich gewusst hätte, dass der Arsch Abbie Hoffman war, hätte ich bei dieser Scheißermittlung nie im Leben mitgemacht. Wenn ich mein Leben aufs Spiel setze, will ich gefälligst wissen, warum.«

»Das will ich ja gerade rauskriegen.«

»Dann fang endlich damit an.«

»Erzähl mal von dem Typ, dem du gefolgt bist. Wie hast du ihn verloren?«

»Nichts leichter als das. Ich war zu Fuß, und er hatte 'nen Wagen.«

»Der Penis auf Rädern schlägt wieder zu.«

»Bei der Operation hier scheinen jede Menge Penisse mitzuspielen«, sagte Rambam, als die Cops auf uns zukamen, nachdem sie mit Tom Baker fertig waren.

»Ist dir an dem Wagen was aufgefallen? Konntest du das Kennzeichen lesen? War noch jemand dabei?«

»Ja, nein und nein. Es war ein neuer Buick. Das Kennzeichen konnt ich nicht erkennen, aber mir ist was aufgefallen. Das Auto hatte Nummernschilder aus Carolina. North oder South, kann ich nicht sagen.«

»Ich tippe auf North.«

»Wie zum Geier kommst du darauf?«

»Weiß ich nicht genau. Aber mir schwant, dass sich der Norden, womöglich zum ersten Mal in der Geschichte, wieder erhebt.«

»Vielleicht braucht man ja diesmal U-Bahn-Fahrkarten«, sagte Rambam.

28

Der Rauch verzog sich, die Cops verzogen sich und bald darauf auch der Bakerman und ich. Abbie hatte sich lange vor uns verzogen, die dröhnende Explosion der Handgranate in den Ohren und naturgemäß Paranoia im Pilgerherzen. Ich bezweifelte allerdings langsam, dass seine Paranoia gerechtfertigt war. Immer wieder ging ich durch, was wir wussten und was wir nicht wussten, und kaum spürbar verschob sich das Muster vor meinen Augen. Ich hatte viel Zeit, den Stand der Dinge zu analysieren. Seit der Loft im ersten Stock der Vandam Street unbewohnbar geworden war, was dem Vermieter bestimmt das Herzchen brach, war ich an meinen Ausgangspunkt zurückgezogen. Wenigstens standen mir jetzt wieder die guten Dienste meines treuen Dr. Watson zu Gebote, der mir in dieser einzigartig gefährlichen Ermittlungsphase weiterhelfen konnte.

»Wenn dir das Scheißsofa nicht passt«, sagte Ratso, »kannst du ja auf dem Scheißfußboden schlafen.«

»Ich hab Angst, die Jungfrau Maria könnte nachts umfallen und mich zerquetschen«, sagte ich.

»Von Abbie hat in letzter Zeit jedenfalls keiner was gehört. Mit ihm haben die ganzen Scherereien schließlich angefangen.«

»Da bin ich nicht mehr so sicher.«

»Wie meinst du das, Kinkstah? Alles ist doch losgegangen, als er plötzlich hier reingeschneit ist. Oder etwa nicht?«

»Wenn ich dir erzähle, was ich wirklich glaube, Watson, glaubst du mir garantiert kein Wort.«

»Zur Sache, Schätzchen.«

»Sexuell?«

»Nein«, sagte er gereizt, »verrat mir einfach deine Hypothese, Sherlock.«

»Meine Hypothese lautet: Wenn man sich mit einer Verwechslung befasst, sollte man sich nicht verwechseln lassen.«

»Hä?«

»Das heißt ›wie bitte‹.«

»Das ist die dümmste Hypothese seit der Behauptung, die Bombardierung von Hanoi würde den Frieden herbeiführen.«

»Die Bombardierung von uns beiden würde vielleicht das Ende dieser Diskussion herbeiführen.«

»Mal im Ernst, Kinkstah. *Wer* hat bei dieser Verwechslung *wen* verwechselt? Was redest du da eigentlich für einen Schwachsinn?«

»Es ist nur so eine Idee. Ich weiß auch nicht, wo sie hinführt, aber sie geht mir schon seit einiger Zeit durch den Kopf. Wer war alles hier, als Abbie zum ersten Mal behauptet hat, auf der Straße wäre jemand, der ihn verfolgt?«

»Du und ich.«

»Richtig, Watson. Dir entgeht nicht viel, was?«

»Nur ein Großteil meines Lebens. Weiter.«

»Wer saß im Taxi, als mir vor ein paar Wochen eine Kugel fast den Kopf weggeblasen hat?«

»Da warst du allein, hast du gesagt.«

»Genau. Nur ich und der Fahrer.«

»Und wer saß am Steuer? Harry Chapin?«

»Dein Verstand arbeitet, Watson. Nur schade, dass du in die falsche Richtung denkst. Erinnerst du dich noch, dass Abbie am Abend zuvor, als angeblich auf ihn geschossen wurde, den schwarzen Cowboyhut getragen hat? Was ist, wenn der Schütze ihn mit mir verwechselt hat? Was ist, wenn er mich mit Abbie verwechselt hat?«

»Brillante Idee, Sherlock, aber Professor Moriarty hat sich in letzter Zeit kaum in dieser Gegend blicken lassen. Bei allem Respekt, wer sollte dich denn platt machen wollen?«

»Bei wem ging der Anruf für das ›jüdische Arschloch‹ ein?«

»Bei dir.«

»In wessen Loft flog gestern Abend eine Handgranate?«

»In deins, aber …«

»Wir müssen uns vorsehen, Watson. Sehr vorsehen.«

An diesem Punkt stand Ratso plötzlich auf und schritt rasch zwischen der Jungfrau Maria und dem halb gegessenen Pastrami-Sandwich auf der Anrichte auf und ab. Ab und zu hielt er inne und biss ab. Ab und zu hielt ich inne, um von seinem gerahmtem Foto von Elvis' Gipfeltreffen mit Nixon eine Linie peruanische Marschverpflegung zu ziehen.

»Wie viel kokst du eigentlich?«, fragte er schließlich.

»Gerade genug, um nicht auf diesem Sofa einzuschlafen.«

»Also, sehen wir mal davon ab, dass es paranoid, lächerlich und überspannt ist …«

»Ich wusste doch, dass du mir zustimmen würdest …«

»… missachtet deine Annahme das elementarste Element aller Ermittlungsarbeit. Das Motiv! Wer will denn schon einen abgebrannten, kokainsüchtigen, abgehalfterten jüdischen Countrysänger aus Texas umbringen …«

»Nun heb mich mal nicht in den Himmel –«

»… der momentan auf meinem Sofa poft?«

»Mein Koksdealer?«

»Dein Koksdealer wäre der Letzte. Was würde denn dann aus seinem Profit?«

»*Ihrem* Profit.«

»Immer wieder stellt sich die Frage nach dem Motiv. Motiv! Motiv! Motiv! Viele Menschen wünschen vielleicht *Abbie Hoffmans* Tod, aber niemand wünscht *deinen* Tod, Kinkstah.«

Ich streckte mich auf dem Sofa aus und starrte mit glasigen Augen in die Glasaugen des Eisbärenkopfes. Mein Kopf fühlte sich an wie mit Eis ausgestopft. Der Stoff, aus dem die Träume sind, war mir abhanden gekommen. Mit Abbie Hoffman. Mit Kacey. Mit Geliebten und Gespenstern, denen alles schnurz war. Einen Augenblick lang sah ich mein Spiegelbild im tiefen, kalten Strom der Eisbärenaugen, wo Phil Ochs und Michael Bloomfield jetzt für alle Zeit unter Sternen fischten. Ratso hatte natürlich Recht. Niemand wollte meinen Tod. Bis auf mich vielleicht.

Irgendwie nickte ich ein, knirschte mit den Zähnen und zählte Ratsos in roten Pyjamas, die Pastrami-Sandwiches aßen. Nach einem unruhigen vierstündigen Powerschlummer erwachte ich nicht nur irgendwie zufrieden, noch am Leben zu sein, nein, besser noch, ich wusste, was zu tun war. Es spricht doch einiges dafür, mal richtig auszuschlafen.

Ich lief ins Schlafzimmer, weckte Ratso und erklärte ihm meinen Plan. Er war ganz aufgeregt, als er meinen neuen Denkansatz schließlich verstand.

»William Kunstler!«, rief er. »Den *kenne* ich. Das ist ein alter *Freund* von mir.«

»Hoffentlich sieht er das genauso«, sagte ich.

29

Die Arbeit eines Privatschnüfflers ist eigentlich ein Kinderspiel. Sind einem erst das Kokain, die Schnapsideen und der selbstmitleidige Bockmist ausgegangen, bleibt nur die Wahrheit übrig. In Wahrheit hatte sich Abbie, vermutlich in weiser Voraussicht, überstürzt verdünnisiert, und Rambam, der Einzige, der so stocksauer sein konnte, dass es für ein Mordmotiv langte, war in einem 1937er Nerv davongebraust. Es war kaum anzunehmen, dass ich eine dieser Schlüsselfiguren in nächster Zeit zu Gesicht bekommen würde. Auf meiner Habenseite standen gegenwärtig nur der stets treue und stets öde Ratso und ein lausiger kleiner Zettel, auf dem Abbie etwas von William Kunstler und den Widdern Gottes notiert hatte. Wenn uns irgendjemand helfen konnte, dann Kunstler, Abbies langjähriger Anwalt und Verteidiger der Chicago Seven. Hatte es schon früher Drohungen und Anschläge gegen Abbie gegeben? Hatten die Widder Gottes ihre Hufe im Spiel? Oder ergab all das nur für Paranoiker einen Sinn? Hatte Kunstler überhaupt noch Kontakt zu Abbie? Erst wenn ich Antworten auf all diese Fragen gefunden hatte, konnte ich mit Gewissheit sagen, ob etwas für den Kokainalbtraum von einem einsamen Revolverhelden in einer Armyjacke irgendwo in New York sprach, der – dem Jesuskindlein sei Dank, nicht besonders treffsicher – auf den Kinkster schoss.

Sherlock Holmes, der auch ein paar Kokainalbträume gehabt hatte, war immer der festen Überzeugung gewesen, man müsse das Unmögliche ausscheiden. Hatte man das erreicht, befand er, blieb einem das, was die Menschheit zu allen Zeiten standhaft abgelehnt, verleumdet und nahezu restlos ignoriert hat, die Wahrheit. Ich war, ehrlich gesagt, auch nicht sicher, ob ich sie erfahren wollte. Aber ich konnte nicht tanzen und hatte auch sonst keine Hobbys, also konnte ich es ebenso gut in Erfahrung bringen. Ich sollte vielleicht anmerken, dass von Moses und Jesus über Sokrates, Kopernikus, Galilei und Kolumbus bis hin zu Martha Mitchell, der Kassandra von Watergate, allen Schreckliches widerfahren ist, die durch Hartnäckigkeit oder reinen Zufall über die Wahrheit gestolpert sind. Wenn die eigene Postleitzahl allerdings Ratsos Sofa ist, kann etwas Schreckliches eigentlich nur eine steile Karriere zur Folge haben.

»Nein, *Ratso*«, sagte Ratso irgendwem in Kunstlers Kanzlei. »Natürlich kann ich das buchstabieren. R-A-T-S-O! Sagen Sie Bill einfach, Ratso ist dran. Dann weiß er schon Bescheid.«

Nach einem viel versprechenden Anfang klang das nicht gerade, daher begab ich mich aus Ratsos kleinem Rattenloch von Büro ins Wohnzimmer und zündete mir dort eine Zigarre an. Ratso agierte auch weiterhin auf hohem Dezibelniveau. Es war recht schmerzlich, seine Seite des Gesprächs mitzubekommen.

»Was soll das heißen, ›ein Ratso ist ihm nicht bekannt‹? Wir waren zusammen beim Parteitag in Chicago. Wir haben zusammen demonstriert. Ich bin der, der damals zwischen Jerry Rubin und dem tibetischen Mönch stand. Er hat gesagt, ich soll mich melden, wenn ich mal wieder in New York bin ... Ratso ... R-A-T-S-O ...«

Ich hörte Ratso nur mit einem Ohr zu. Ich sah die Jungfrau Maria an, und sie erwiderte meinen Blick. Ihre Gipsaugen wirkten unergründlich traurig. Ich weiß nicht, wie meine Augen wirkten. Da muss man schon die Jungfrau Maria fragen.

»Scheißanwälte«, sagte Ratso, als er kurz darauf entmutigt ins Zimmer kam. »Kannst du dir das vorstellen?«

»Wünschen wir all seinen Geschworenen einvernehmliche Zwietracht«, sagte ich. »Besorg seine Adresse, Watson. Wir statten ihm einen unangemeldeten Besuch ab.«

Mit gebührender Eile, vielleicht um seinen verletzten Stolz zu kaschieren, machte Ratso die Adresse von Kunstlers Anwaltskanzlei ausfindig. Das Schicksal war ausnahmsweise mal auf unserer Seite. Irgendwoher kannte ich die Adresse, und kurz darauf fiel mir auch ein, woher. Chinga Chavin, mein alter Freund von der University of Texas, hatte vor einiger Zeit im selben Gebäude eine Werbeagentur aufgemacht. Chinga hatte ungefähr zu der Zeit, als ich die Texas Jewboys gründete, ebenfalls eine Band gebildet. Er hatte sie Country Porn genannt, und obwohl ich Chinga von jeher negative Bühnenpräsenz attestierte, hatten sie auf dem Lande eine Zeitlang doch ein Körnchen Erfolg gehabt. Ab und zu schrieb Chinga sogar einen ganz anständigen Countrysong. Am besten gefiel mir »Cum Stains on the Pillow (Where Your Sweet Head Used to Be)«.

Chinga hatte das Herz eines Dichters, aber das Hirn eines Hochstaplers, was nicht nur seinen Erfolg in der Werbebranche erklärte, sondern auch, warum ich mir so sicher war, dass er bei meinem gerissenen kleinen Plan mitspielen würde. Mit Chingas Hilfe konnten wir bestimmt auf Kunstlers Etage gelangen, nachdem das Gebäude abends geschlossen worden war. Das allein würde allerdings nicht reichen. Das wäre vielleicht mit Gott zu vergleichen, der Moses das Gelobte Land sehen, aber nicht betreten ließ. Nach vierzig Jahren in der Wüste würden mich weder Gott noch sonst jemand davon abhalten, mir Abbie Hoffmans Geheimakte zu besorgen.

Die einzige offene Frage bei dem Vorhaben war also, wie man in die Kanzlei selbst hineinkam, und der einzige Bekannte, dem ich so etwas zutraute, war Rambam, wobei das einzige Problem war, dass der Kinkster bei jenem zur Zeit gründlich verschissen hatte. Ich musste ihn irgendwie wieder auf meine Seite bringen und zwar ein bisschen plötzlich. Es war schlimm genug, auf Ratsos Sofa wohnen zu müssen, aber nicht zu wissen, ob ein durchgeknallter Killer es auf Abbie Hoffman oder einen selbst abgesehen hat, ist der Verbesserung der Psychohygiene kaum förderlich.

»Wie sieht dein Plan denn aus, Sherlock?«, fragte Ratso bald darauf, als wir die Eishockeysendung eine Weile unterbrachen und zwei von Big Wong's mitgebrachte Portionen Schwein vom Grill mit Rührei auf Reis aßen.

»Unser kleines Einbruchskommando tritt heute Abend in Aktion, Watson. Um Mitternacht treffen wir Chinga und Rambam vor dem Haus.«

»Wie hast du denn Rambam wieder rumgekriegt?«

»Ich hab ihm gesagt, dass ich eventuell in Lebensgefahr stecke.«

»Gut möglich«, sagte Ratso. »Du könntest dir auch eines Nachts zu viel Kokain einpfeifen und vom Sofa fallen.«

»Außerdem habe ich an sein jüdisches Ehrgefühl appelliert.«

»An was?«

»Er studiert immerhin an der Jeschiwa.«

»Und du glaubst, das hilft?«

»Sagen wir mal so: Er hat auch etliche Felder beackert, die nichts mit dem Talmud zu tun haben.«

»Noch mal zum Mitschreiben, Sherlock. Du, ich, dein Freund Chinga und Rambam, wir alle brechen heute um Mitternacht in William Kunstlers Anwaltskanzlei ein?«

»So ist es, Watson.«

»Hurra!«, schrie er und sprang vor Freude im Dreieck. »Ein jüdisches Watergate!«

»Watson«, sagte ich, »du bist doch immer für eine Überraschung schlecht.«

30

Zu den sanften kleinen Ironien der Verbrechensbekämpfung, vom Leben ganz zu schweigen, gehört es, dass man sich in einen Bösen hineinversetzen können muss, wenn man ein Guter sein will. Es hat noch nie einen gottesfürchtigen kleinen Kirchgänger gegeben, der die Gottesgabe besaß, sich en passant in einen Verbrecher hineinzudenken. Gottesfürchtige kleine Kirchgänger haben andere Gottesgaben: Gram, Schuldgefühle, Absolution, moralische Überlegenheit, heilige Einfalt sowie die Fähigkeit, die Welt so zu sehen, wie sie nie war und nie sein wird. Wenn all das zusammengenommen kein wahres Glück zur Folge hat, ist das nicht weiter erstaunlich. Überschaut man die flüchtige und doch unvermeidlich öde Geschichte der Menschheit, findet man deswegen auch stets mehr Kriminelle als Kirchgänger.

Derlei luzide, aber spirituell quälende Gedanken gingen mir durch den Kopf, als ich um Mitternacht in Manhattan auf einem Gehweg stand, eine Zigarre rauchte und Rambams und Ratsos Pläuschchen lauschte.

»Scheiße, Mann, worauf warten wir eigentlich?«, wollte Rambam wissen. Mit Mantel, Krawatte und Aktenkoffer war er der perfekte Jungmanager, der sechzehn Stunden zu spät zur Arbeit kam.

»Du willst hier doch der Rabbiner werden«, sagte Ratso. »Wir warten darauf, dass du unser kleines Vorhaben segnest.«

»Da kannst du aber lange warten«, sagte Rambam.

»Sag mal, Kinkstah, gibt es wirklich einen Chinga?«, fragte Ratso. »Meine kleinen Freunde sagen, er existiert gar nicht.«

»Du hast keine kleinen Freunde«, sagte ich.

»Er hat auch keine großen«, sagte Rambam.

»Wenn ich welche hätte, würden die garantiert nicht zulassen, dass ich mir hier um Mitternacht auf dem Gehweg den Arsch abfrier«, sagte Ratso, bei dem Beleidigungen stets auf taube Ohren stießen.

»Chinga war noch nie pünktlich«, sagte ich. »Das ist das Einzige, worauf man sich bei ihm verlassen kann.«

Wir warteten weiter auf Chinga Chavin. Rambam ging nach vorn, um die Fassade des Hauses auszuspähen, Ratso ging in die andere Richtung, um das Schaufenster eines geschlossenen Feinkostladens auszuspähen, und ich rauchte weiter meine Zigarre und dachte über das mir scheinbar bekannte Leben nach. Je mehr ich nachdachte, desto paranoider wurde ich. Das Dasein eines Privatschnüfflers schadete der Gesundheit.

Nach Verlauf der Trächtigkeitsdauer eines antarktischen Pottwals tauchte schließlich ein nervöser und energiegeladener Chinga auf, und zu viert hielten wir kurz Kriegsrat an der vom Eingang aus nicht einsehbaren Hausecke. Ich stellte Ratso und Rambam dem Neuankömmling vor. Keiner von den dreien zeigte homosoziale Tendenzen. Das sollte mir recht sein. Wir waren keine Selbsterfahrungsgruppe, sondern Einbrecher.

»Ich kann euch die Zugbrücke runterlassen«, sagte Chinga. »Den Rest müsst ihr aber allein erledigen.«

»Kein Problem«, sagte Rambam.

»Wonach genau suchen wir übrigens, Sherlock?«, fragte Ratso. »Wegbeschreibungen zu Abbies Haus?«

»Wir wollen nicht Abbie finden ...«

»Ein Glück«, sagte Rambam.

»Wir wollen die Wahrheit über Abbie herausfinden«, sagte ich kryptisch. Ich musste mich kryptisch ausdrücken. Etwas anderes blieb mir auch nicht übrig.

»Okay«, sagte Chinga unternehmungslustig. »Dann wollen wir mal. Fingerhakeln!«

Auf für einen Erwachsenen außerordentliche Weise verhakte Chinga den kleinen Finger seiner rechten Hand fest mit dem kleinen Finger meiner linken Hand. Den kleinen Finger seiner linken Hand streckte er erst Rambam und dann Ratso entgegen, aber beide zögerten.

»Kinky und ich haben an der Uni immer Fingerhakeln gemacht, um uns Glück zu wünschen«, sagte Chinga.

»Scheint nicht viel genützt zu haben«, sagte Ratso.

»Woher willst du das wissen?«, sagte Chinga. »Wer weiß, was uns ohne Fingerhakeln zugestoßen wäre.«

»Ich fass es einfach nicht«, sagte Rambam. »Zwei vorgeblich erwachsene, vorgeblich heterosexuelle Männer spielen um Mitternacht auf offener Straße Fingerhakeln, ein paar Minuten bevor sie vielleicht wegen eines besonders schweren Falls von Einbruch verknackt werden.«

»Deswegen müssen wir ja fingerhakeln«, sagte Chinga.

»Sieht aus, als hättest du Fingerhakeln mit 'nem Rasenmäher gespielt«, sagte Rambam und kombinierte eine scharfe Beobachtungsgabe mit der unbekümmerten, gedankenlosen Ausdruckskunst kleiner Kinder.

Es stimmte, Chinga hatte Heftpflasterstreifen über drei Fingergelenken und einem Daumen, außerdem ein kleines viereckiges Pflaster unter der rechten Schläfe. Die Wunden gingen auf Selbstverstümmelung zurück und waren mit den Fingernägeln der anderen Hand zugefügt worden. Das ging eindeutig darauf zurück, dass Chinga einen fabelhaften Apotheker hatte. Im Moment hätte ich gern die doppelte Dosis von dem gehabt, was er sich einpfiff.

»Mein Seelenklempner meint, derartige Verletzungen gehen auf einen fehlgeleiteten Striegelmechanismus zurück«, sagte Chinga.

»Das ist ja faszinierend«, sagte Rambam, scheuchte uns drei zur Tür und tätschelte dabei seinen Aktenkoffer fast schon liebevoll. »Hoffen wir bloß, dass der Mechanismus hier drin nicht fehlgeleitet ist.«

»Was hast du denn da drin?«, fragte Ratso.

»Ein aufblasbares trojanisches Plastikpferd«, sagte Rambam. »Für den Fall, dass unser Missing Link hier die Zugbrücke doch nicht runterlassen kann.«

»Vergesst nicht, wir sind Angestellte von Chinga, die wegen einer äußerst wichtigen Anzeigenkampagne Überstunden machen«, sagte ich, während wir Chinga zum Hauseingang folgten. »Also seht auch aus wie Angestellte.«

»Können Ratso und du doch gar nicht«, sagte Rambam.

»Gut, dann *benehmen* wir uns eben wie Angestellte.«

»Wie benehmen sich Angestellte denn, Kinkstah?«, fragte Ratso und rückte seine Waschbärenmütze zurecht.

»Tu so, als wärst du tief in Gedanken, leicht gelangweilt, und spuck nicht auf den Gehweg.«

Chinga schob eine Karte in einen Schlitz, ein Summer ertönte, die Tür ging auf, und sofort führte er uns ins Gebäude. Wir folgten ihm wie drei verlorene Entlein meilenweit durch das mit Badezimmerkacheln verflieste Foyer zur Pförtnerloge. Ein großer Mann in Mietbullenuniform starrte uns eisig an.

»Wer fürs Ficken ist, mir nach«, sagte Chinga.

Das ließen wir uns nicht zweimal sagen, und genau das stand uns gleichsam bevor.

31

»Danke, Chinga«, sagte Rambam abschließend, als wir im achten Stock im Foyer seiner Werbeagentur standen. »Das war eine echt tolle Fahrstuhlfahrt.«

»Halt mal die Luft an«, sagte Chinga. »Ich gehöre zu dieser Operation. Ich komm mit euch mit in Kunstlers Kanzlei. Ohne mich wärt ihr gar nicht hier.«

»Toll«, sagte Rambam. »Das hat uns gerade noch gefehlt. Hopalong Cassidy und Davy Crockett haben wir schon, und jetzt zockelt noch so ein jüdischer Matzenkloß mit. Ich kann's euch Möchtegernschnüfflern wohl nicht oft genug sagen: Wenn wir heute Nacht in flagranti erwischt werden, ist das ein schwerer Fall von Einbruch.«

»Was wir dann wohl hierfür kriegen?«, sagte Chinga, holte ein dickes Päckchen mit weißem Pulver heraus und rollte einen Zwanzigdollarschein zum Strohhalm zusammen.

»Herrgott«, sagte Rambam, als sich Ratso mit hörbarem Schnaufen eine Portion Marschverpflegung einverleibte, »Kinky, sag bloß, du kennst den?«

»Moment«, sagte ich, als Ratso mir den Strohhalm gab. Ich machte mich daran, mir die Hälfte des linken Nasenlochs wegzublasen.

»Ich will euch mal was sagen«, sagte Rambam angewidert, »ich will hier in Kunstlers Kanzlei einbrechen, aber für ein paar Koksnasen häng ich nicht den Arsch aus dem Fenster.«

»Macht sich auch nicht gut auf dem Abschlusszeugnis vom Rabbinat«, sagte Ratso.

»Es macht sich auch nicht gut, wenn ich dir das Herz rausreiß«, sagte Rambam.

»Also, Mädels«, sagte Chinga, »jetzt wollen wir doch mal alle ans T-e-a-m denken.«

»L-e-c-k m-i-c-h«, sagte Rambam.

Unser eingeschworenes Häufchen witzelte noch ein bisschen herum, dann schritten wir zur Tat. Ziel des Unternehmens war es, lebendig und mit Abbie Hoffmans Akten davonzukommen. Als Erstes sollte uns Chinga auf einer selten benutzten Hintertreppe die zwei Stockwerke nach unten zu William Kunstlers Kanzlei bringen. Zunächst lief alles glatt.

»Sobald ich dieses Gebäude verlasse, will ich deinen Freund Chinga nie wieder sehen«, sagte Rambam.

»Ich will mich auch nie wieder sehen«, sagte Chinga. »Mein Selbstwertgefühl ist am Boden.«

»Das ist ja richtig gespenstisch hier«, sagte Ratso. »Erinnert mich an Scheißkatakomben.«

»Wenigstens gibt's keine Überwachungskameras«, sagte ich.

»Schaut euch mal die Farbeimer, Pinsel und Spinnweben an«, sagte Ratso. »Wann ist hier denn das letzte Mal wer runtergekommen?«

»Keine Ahnung«, sagte Chinga. »Ich glaube, letzten Herbst war hier 'ne Schwuchtel namens Michelangelo zugange.«

»Ich kenne einen heterosexuellen Italiener, der hier gleich zugange sein wird«, sagte Rambam, stellte seinen Aktenkoffer ab und untersuchte das Schloss von Kunstlers Hintertür.

»Italiener?«, sagte Ratso. »Was hat ein Italiener denn an der Jeschiwa zu suchen?«

»*Halb*italiener«, sagte Rambam und zog einen seltsam geformten Dietrich aus der Tasche.

»Welche Hälfte?«, meldete sich Chinga.

»Die Hälfte, die dir einen Tritt verpasst, sobald ich die Tür hier geknackt hab«, sagte Rambam.

Zu Chingas Glück ging das nicht so schnell. Er hatte sogar reichlich Zeit, im Treppenhaus ein paarmal das Päckchen mit Irving Berlins *White Christmas* rauszuholen und hinter Rambams emsigen Rücken kreisen zu lassen. Ratso, Chinga und ich waren bald so high, dass wir uns langsam in der luftigen Höhe einsam fühlten, aber die Tür zu Kunstlers Kanzlei blieb standhaft.

»Wie lange dauert das denn noch?«, sagte Ratso. »Ohne meinen Gummi werd ich hier langsam feucht.«

Rambam warf ihm einen vernichtenden Blick zu und holte einen voll besetzten Schlüsselring aus seinem Köfferchen. Es dauerte wirklich ziemlich lange.

»Hättest du nicht jemand anders als die beiden Witzfiguren mitbringen können?«, sagte Rambam. »Ein großer stämmiger Typ wie Tom Baker wäre hier der Richtige gewesen, falls man an der Scheißtür hier rütteln und schütteln und sein Säckchen hinter sich werfen muss.«

»Der Bakerman hat zu tun«, sagte Ratso. »Der nagelt gerade Kinkys Freundin.«

»Schnee von gestern«, sagte ich und versuchte, auf dem Teppich zu bleiben. »Alles Schnee von gestern.«

Und als ich kurz über all das nachdachte, hatte ich tatsächlich den Eindruck, der Schlüssel zu dieser Kette bestürzender, um nicht zu sagen gefährlicher Ereignisse müsse in der Vergangenheit liegen. Ob das Angriffsobjekt nun Abbie oder jemand anders war, man brauchte vielleicht Geschichtsnachhilfe, um das Geheimnis zu lüften. Und wenn wir den Dingen nicht auf den Grund kamen, war Abbie oder jemand anders in Gefahr, vom Schachbrett zu fliegen. Dummerweise brauchte man nicht viel Fantasie, um dahinterzukommen, wer dieser andere war.

»Das könnte ein dilettantischerer Job werden, als ich gedacht hatte«, sagte Rambam.

Ich hörte ein lautes Krachen. Rambam donnerte mit der Schulter mit voller Wucht gegen die Tür, und das Holz zersplitterte wie Streichhölzer.

»Nicht gerade ein sehr subtiler Einbruch«, sagte Chinga bewundernd, »aber für den Anfang reicht's.«

»Okay«, sagte Rambam. »Kinky und ich gehen rein und suchen Hoffmans Akte. Ihr beide geht wieder nach oben und holt die Farbe. Schmiert ein paar drogenkranke Hippieslogans an die Wände, um sie auf die falsche Spur zu locken. Dürfte euch ja nicht so schwer fallen. Mir ist alles recht, solange wir vier nicht in derselben Zelle landen.«

Als Rambam und ich in die Kanzlei kamen, waren wir nicht besonders überrascht, auch die Aktenschränke abgeschlossen zu finden. Rambam machte sich wieder ans Werk, hatte diesmal aber mehr Glück. Keine Alarmanlagen gingen los, und keine Sicherheitskräfte stürmten den Tatort, weswegen wir annahmen, dass uns die Einbruchsgötter wohlgesinnt waren. Nach einiger Büroarbeit fanden wir schließlich Abbies Akte, die dick genug war, um einen Leguan damit zu ersticken, und verstauten sie in Rambams Aktenkoffer.

Als wir die Kanzlei durch die zerschmetterte Tür verließen, sahen wir, dass Ratso und Chinga ganze Arbeit geleistet hatten. In knallroter Farbe hatten sie *Helter-Skelter, Haut die Bullen platt wie Stullen, Che lebt!* und diverse andere Slogans an die Wände geschrieben. Rambam und ich begutachteten ihr Werk, während Ratso und Chinga mit den Pinseln in der Hand stolz daneben standen wie moderne Inkarnationen von Tom Sawyer und Huckleberry Finn.

»Sehr überzeugend«, sagte Rambam mit widerwilliger Anerkennung. »Wenn wir das nächste Mal drogenkranke Hippies brauchen, rufen wir Sie an.«

»Genau«, sagte ich. »Am besten gefällt mir ›Hilfe! Ich bin in William Kunstlers Anwaltskanzlei gefangen!‹«

»Das war *meine* Idee«, sagte Chinga fröhlich. »Ich hab auch ›Sagt es alle laut! Seid stolz auf schwarze Haut!‹ gemalt.«

»Warum sagt keiner was zu ›Wayne Newton ist Gott!‹?«, fragte Ratso. »Wie gefällt euch ›Wayne Newton ist Gott!‹?«

»Schwach«, sagte ich.

»Es stimmt ja auch nicht«, sagte Chinga. »Alle Welt weiß doch, dass Rambam Gott ist.«

32

Wir gingen über die Hintertreppe wieder die beiden Stockwerke zu Chingas Foyer zurück und schnappten uns von dort einen Otis-Kasten ins Erdgeschoss. Wenn der Einbruch schon nicht spurlos geblieben war, konnten wir uns wenigstens einen guten Abgang verschaffen. Wir alberten auf die selbstgenügsame Weise von Angestellten herum, die der Ansicht waren, dass das korrekte Verlassen eines Gebäudes Teil einer wichtigen spirituellen Etikette war. Das ist so ungefähr das einzige Spirituelle, was Angestellte je machen, und sie wollen es immer um jeden Preis richtig hinkriegen.

»Gute Arbeit, Jennings«, sagte Chinga zu Ratso und klopfte ihm herablassend auf die Schulter. »Was Sie in der Dödel-Kampagne geleistet haben, müsste eigentlich für eine Beförderung reichen.«

»Das hört man gern, J. B.«, sagte Ratso. »Jetzt muss ich aber nach Hause und mir einen von der Palme schütteln.«

»So ist's recht«, sagte Chinga. »Sie haben hart gearbeitet, jetzt ist es Zeit, den Nachwuchs in den Griff zu kriegen.«

»Dummerweise masturbiere ich etwa achtmal täglich, J. B.«, sagte Ratso.

»Das nenne ich leicht übertrieben«, sagte Chinga und salutierte schwungvoll in Richtung des massiv weggetretenen Sicherheitsfritzen, dem Chinga total Banane war.

Wir verließen das Gebäude durch den Haupteingang, ohne dort von einem Sondereinsatzkommando abgefangen zu werden. Der Einzige, der uns überhaupt Beachtung schenkte, war ein Penner, der um eine kleine Spende für den Pastramifonds der Neger aller Länder bat. Ich gab ihm ein paar Dollar, wie es sich für einen guten kleinen Angestellten gehörte. Dann sagten wir uns alle Lebewohl.

»Rambam und ich müssen die Akten jetzt noch prüfen«, sagte ich, »aber im Namen des Pastramifonds der Neger aller Länder danke ich euch für eure Hilfe heute Nacht. Ich brauche wohl kaum hinzuzufügen, dass niemand ein Sterbenswörtchen von unserem bezaubernden kleinen Abenteuer erfahren darf, bis wir alle in der Hölle neben Spiro Agnew aufwachen.«

»Ich hatte gehofft neben Oscar Wilde«, sagte Chinga.

»Ich hatte gehofft, euch wäre klar, dass das kein Spaß ist«, polterte Rambam. »Besonders *du,* Chinga. Ich muss mich darauf verlassen können, dass ihr den Ernst der Lage begreift, verdammt noch mal.«

»Fingerhakeln?«, sagte Chinga.

Rambam sah ihn mit potenziell gefährlichem Argwohn an.

»Viermannfingerhakeln?«, sagte Chinga unverdrossen, streckte die kleinen Finger aus und krümmte sie einladend.

»Nichts wie weg hier«, sagte Rambam.

In Erinnerung an alte Zeiten fingerhakelte ich kurz mit Chinga, dann folgte ich Rambam. Ratso schloss sich uns an.

»Sehen wir uns noch, Watson?«, fragte ich ihn.

»Klar, Sherlock«, sagte er. »Ich will jetzt wirklich nach Hause, um mir einen von der Palme zu schütteln.«

»Wie isses nun bloß möglich?«, sagte Rambam über die Schulter.

»Erinner mich daran, dass Fingerhakeln mit dir nicht infrage kommt«, sagte ich.

Einige Zeit darauf saßen Rambam und ich an einem stillen Ecktisch in Sarge's Deli an der Third Avenue und konnten uns endlich ungehindert in das geheimnisvolle Flüchtlingsleben meines Freundes Abbie Hoffman vertiefen. Alles war da. Jedenfalls alles, was wir brauchten, um einige ernüchternde Schlüsse über die Angelegenheit zu ziehen.

»Die Widder Gottes können wir abhaken«, sagte Rambam und aß einen Pickle. »Das sind Südstaatler, ein Haufen Flügelmuttern am rechten Rand des rechten Flügels, die sich schon vor über zehn Jahren tatkräftig ins Nirwana befördert haben.«

»Dann haben sie unter Umständen nur in Abbie Hoffmans Paranoia überlebt«, sagte ich vorschlagsmäßig und bot Rambam noch einen Pickle an. »Anfang der Sechziger war er doch mit den Freedom Riders unten im Süden. Wenn einer so viel durchgemacht hat wie er, kann man ihm seinen Verfolgungswahn kaum verdenken.«

»Sowieso nicht«, sagte Rambam. »Auf dieselbe Weise hat man schließlich Dillinger geschnappt, als er aus dem Kino kam. Wenn man jahrelang vor den Bundesbehörden weggelaufen ist, ständig auf der Flucht und in den verschiedensten konspirativen Wohnungen, dann würde nur ein Wahnsinniger nicht wahnsinnig werden. Kaum passt man mal 'ne Minute nicht auf, haben sie einen am Wickel. Hinter Abbie sind wahrscheinlich mehr eingebildete Dämonen her als hinter Linda Blair.«

»Und wahrscheinlich ist in Wirklichkeit niemand hinter ihm her.«

»Anzunehmen. Schau dir die Berichte des Psychologen an, zu dem Kunstler ihn geschickt hat. Der Typ schreibt, Abbie ›verliert gelegentlich den Kontakt zur Realität... Wahnvorstellungen... zeigt klassische paranoide Verhaltensmuster …‹ In New York hat das natürlich nicht viel zu sagen.«

»Anders gesagt, der Psychologe war der Meinung, Abbie kocht auf einem anderen Planeten …«

»Keine Frage. Schau's dir selbst an.«

Ich überflog die psychologischen Gutachten. Wie ein jüdischer Cadillac neben einem Zehncentstück stoppte ich plötzlich und hob etwas auf.

»Immer sachte mit den jungen Bräuten«, sagte ich. »Das ist ja unglaublich.«

»Warum? Ist doch ganz natürlich, sich Dinge einzubilden, wenn man seit einer halben Ewigkeit am Weglaufen ist. Wenn du und ich auf der Flucht wären …«

»Ruhe auf den billigen Plätzen«, sagte ich. »Ich meine nicht Abbies Psychohygiene, sondern den Seelenklempner oder Psychologen oder weiß der Geier, was. Dr. Richard Bock.«

»Was soll mit dem sein? Wenn das ein normaler Seelenklempner ist, dann spinnt er wahrscheinlich mehr als Abbie, Chinga, du und ich zusammen. Seelenklempner sind ein krankes Völkchen …«

»Das ist derselbe Typ, zu dem Judy geht.«

»Judy kocht definitiv auf einem anderen Planeten und geht definitiv zu vielen Typen. Was soll da schon dran sein?«

»Vielleicht seh ich auch schon Gespenster, aber es gibt in New York City siebenundneunzig Millionen Seelenklempner und Psychologen, und du willst mir erzählen, es wäre nichts Besonderes, dass ein und derselbe Judy und Abbie behandelt?«

»Vielleicht ist der Psychologe ja auch der Typ in der Armyjacke, der letzte Woche geglaubt hat, er wäre auf Iwo Jima, und dir eine Ananas in den Loft geschmissen hat.«

»Vielleicht ist unser Kellner Heinrich Himmler.«

»Komisch ist viel eher, dass Judy nach deiner Aussage aus North Carolina kommt und der Typ, den ich beschattet habe, definitiv ein Kennzeichen aus Carolina hatte«, sagte Rambam und stibitzte einen Matzenkloß aus meiner Suppe.

»Vielleicht ist unser Kellner Orville Wright.«

»Was mich an der blöden Akte beschäftigt, ist weniger der psychologische Bockmist über Hoffman als vielmehr Kunstlers unerschütterlich und jahrelang vertretene Auffassung, dass absolut niemand hinter Abbie her wäre. Kunstler ist sein Anwalt, kennt Abbie seit zig Jahren, sagt aber unverblümt, dass Abbie auch nicht anders ist als wir anderen armen Schweine. Will nur geliebt werden. Das Tragische für Abbie ist dabei, dass sich die Leute im Lauf der Zeit immer weniger für ihn interessieren und er irgendwann nur noch ein Überbleibsel aus grauer Vorzeit ist.«

»Eine Fliege im Bernstein.«

»Genau.«

»Ich meine die in meiner Suppe.«

Rambam sortierte die Dokumente und steckte sie in seinen Aktenkoffer zurück. Seine jüdisch-italienischen blaugrünen Augen sahen mich kalt und unheildrohend an.

»Hör mal gut zu«, sagte er. »Alles, was in diesen Akten steht, hätte uns längst klar sein müssen. Laut Kunstler hat sein Klient diese Nummer schon x-mal abgezogen, und da wäre absolut nichts dran. Der verrückte Verfolger da draußen ist dagegen sehr real. Das Problem ist also, dass er nicht hinter Abbie her ist.«

Ich hatte plötzlich einen Kloß in der Kehle, aber es war kein Matzenkloß. Rambam dachte in dieselbe Richtung wie ich, dabei hatte ich nicht die geringste Lust zu erfahren, dass ich Recht gehabt hatte.

»Das hab ich Ratso neulich auch erklärt, worauf er gemeint hat, das wäre ein paranoider Kokainalbtraum, den ich getrost vergessen könnte.«

»Ratso ist ein Vollidiot.«

»Ich werd's ihm ausrichten.«

»Tu dir keinen Zwang an. Das hab ich übrigens schon seit einiger Zeit befürchtet. Seit dem Abend oben auf dem Dach vom Lone Star mit Baker, dir und dem Riesenleguan, der wahrscheinlich mehr Grips hat als ihr beide zusammen. Du wolltest, dass ich deine Wohnung observiere, um einen Freund namens Barry Freed zu beschützen, wobei du nicht erwähnt hast, dass das Abbie Hoffman war.«

»Ein unbedeutendes Detail.«

»Stimmt. Ich hatte nämlich damals schon das Gefühl, das wäre wie in dem Witz, wo ein Mann zum Arzt kommt und sagt: ›Ich habe einen kranken Freund …‹«

»Und der Arzt sagt: ›Okay, holen Sie ihn raus, und wir schauen ihn uns mal an.‹«

»Nicht ganz«, sagte Rambam und lächelte gezwungen. »Der Arzt weiß, dass du dich selber meinst.«

»Heilige Muttergottes«, sagte ich. »Soll das heißen, du bist die ganze Zeit davon ausgegangen, dass der Typ in Wirklichkeit hinter mir her ist?«

»Warum zum Teufel wäre ich bei dieser eiskalten, gottverlassenen Observierung sonst wohl so lange am Ball geblieben, hm?«

»Und ich hab die ganze Zeit geglaubt, du wolltest als Kind immer Müllmann werden.«

»Wenn das stimmte, wär ich Anwalt geworden«, sagte Rambam.

33

Die Aussicht von Ratsos Sofa war immer noch scheußlich, aber zum ersten Mal fielen mir ein paar Sachen auf, die möglicherweise noch beunruhigender waren. In New York City lief ein Wahnsinniger herum, der mich wahrscheinlich längst abgemurkst hätte, wenn er mich nicht mehrmals mit meiner allgegenwärtigen Hauspest Abbie Hoffman verwechselt hätte. Nicht nur die Handgranate und die Schüsse auf den cowboybehuteten Abbie waren meiner Meinung nach auf mich gemünzt gewesen, auch mit der telefonischen Morddrohung und dem unflätigen »jüdischen Arschloch« hatte höchstwahrscheinlich jemand auf den Kinkster zugehen und ihn berühren wollen. Der Anrufer konnte Abbie durchaus für mich gehalten haben. Wer jemandem auf diese Weise Angst einjagen will, nimmt sich selten die Zeit, zwischen zwei jüdischen Arschlöchern zu unterscheiden.

Wenn man Abbies weltverachtende und bittere Lebensweise kannte, konnte man sich leicht vorstellen, dass ein mordlüsterner Spinner es auf ihn abgesehen hatte. Aber im Grunde meines Herzens wusste ich, dass Rambam mit seinen Vorahnungen mehr ins Schwarze getroffen hatte als der geheimnisvolle Killer bisher. Wenn Abbie verschwunden war, würde vielleicht auch die bedrohliche Gestalt in der alten Armyjacke verschwinden. Das war zwar reines Wunschdenken, aber manchmal war Wunschdenken besser als gar kein Denken. Wenn ich nicht herausbekam, warum dieser rachsüchtige Verfolger mich auf dem Kieker hatte, fand sich im exzentrischen Ambiente von Ratsos Wohnung bald vielleicht auch ein ausgestopfter Kinkster.

»Warum will dieser Typ bloß, dass sich deine Totenwürmer die Servietten umhängen?«, stellte mir Tom Baker eines grauen Nachmittags ein paar Tage später eine rhetorische Frage.

»Da bin ich aufgeschmissen«, sagte ich wahrheitsgemäß.

»Aufgeschmissen bist du sowieso«, sagte Baker. »Aber du kannst doch nicht einfach auf diesem ekelerregenden Diwan mit den Bremsspuren rumliegen und darauf warten, dass er dich aufspürt. Du musst rauskriegen, *warum* er hinter *dir* her ist.«

»*Wenn* er hinter dir her ist«, sagte Ratso.

»Natürlich ist er hinter Pinky her, ich meine Stinky, ich meine Dinky, ich meine Kinky. Entweder hast du was ausgefressen, was dir entfallen ist, oder du hast was ausgefressen, was du uns verschweigst.«

»Ich habe viel angestellt, was ich euch verschweige.«

»Da hast du's«, sagte Baker triumphierend zu Ratso. »Dabei hab ich dir sogar erzählt, dass ich deiner Freundin mal die Mumu rasiert habe. Da kannst du mal sehen, wie aufrichtig ich bin.«

»Eher aufgerichtet«, sagte ich.

»Du hast Kinkys Freundin die Mumu rasiert?«, sagte Ratso. »Und? Wie war's?«

»So was hast du noch nicht gesehen«, sagte Baker.

»Gesehen hab ich so was wohl, hier auf dem Sofa«, sagte Ratso. »Nur rasiert hab ich's nicht.«

»Was haben wir eigentlich von diesem Gespräch?«, sagte ich schließlich arg gefrustet.

»Einen Ständer«, sagte Ratso.

Als der Bakerman vorschlug, wir sollten ein paar »Kinky-Imitatoren« beauftragen, durch die Vandam und die Prince zu gehen, um den Killer aus seinem Versteck zu locken, war meine Zurückhaltung verflogen. Es war ein schöner, frischer Nachmittag, und so unternahm ich einen Alleinflug, verließ Ratsos lähmende Wohnung und lief ruhelos durch SoHo und das West Village. Ich überquerte den Sheridan Square und sah kurz beim Monkey's Paw ins Fenster. Normalerweise hätte ich die Tür zum Paw erst an einem kalten Tag in Jerusalem verdunkelt, aber der Laden sah nicht sehr voll aus. Der Barkeeper der Tagschicht, ein gutmütiger, freundlicher Typ namens Tommy, polierte gerade das Mahagoni. Ich weiß nicht, ob man Tommy einen Freund nennen konnte. Barkeeper haben in der Regel keine Freunde. Privatdetektive natürlich auch nicht. Ich ging hinunter, setzte mich an die Bar und bestellte ein Guinness. So weit, so gut.

»Den Schaum, den dein Guinness oben drauf hat, haben meine Bekannten meistens vor dem Mund«, sagte ich, während Tommy sorgfältig zapfte.

»Ein Bakerman will Zwietracht säen«, sagte Tommy lächelnd und schüttelte fast schon weise das Haupt.

»Manche lernen's nie«, sagte ich. »Nein, ich muss mich korrigieren. Niemand lernt es je.«

»Er ist ein Narr, Gott segne ihn«, sagte Tommy.

»Hier gab's neulich Abend übrigens einen kleinen Stresskongress«, sagte ich. »Der Barkeeper war ein ziemlich humorloser, verkniffener Typ.«

»Ist der Boss auch«, sagte Tommy. »Eigentlich soll ich euch Jungs nicht mal bedienen. Aber was soll's. Pass nur auf, in was für Kreisen du dich rumtreibst.«

»Werd's mir merken.«

»Apropos, hier war neulich ein Typ, der dich sprechen wollte. Ich hab dich seitdem nicht gesehen und konnt's dir deshalb nicht ausrichten. Er hat gesagt, ihr kennt euch aus der Army.«

»Ich war im Friedenskorps.«

»Vielleicht hat er ja das gemeint. Vielleicht hat er auch bloß wie ein alter Kamerad ausgesehen. Hatte jedenfalls 'ne alte Armyjacke an. Wollte wissen, was du die Tage so machst.«

»Ach du Scheiße«, sagte ich. »Hoffentlich hast du's ihm nicht gesagt.«

»Ich glaub, ich hab gesagt, du wärst der erste jüdische Countrysänger aus Texas und würdest öfter mal im Lone Star spielen. Er hat gesagt, er will mal versuchen, dich da zu treffen.«

»Das wird er auch, fürchte ich. Wie sah er denn aus?«

»Wenn du so fragst – ein angenehmer Zeitgenosse war er nicht gerade. Langes aschblondes Haar. Kalte blaue Augen. Sah irgendwie nach Schützengrabenneurose aus. Aber das trifft natürlich auf fast alle zu, die wir hier zu Gesicht kriegen.«

»Hat er gesagt, wie er heißt?«

»John.«

Ich trank das Guinness aus und beruhigte mich damit etwas. Das war eindeutig unser Mann. Auch zeitlich passte das Ganze ins Bild. Es war ein komisches Gefühl, einen Mann zu suchen, der einen ebenfalls suchte, aber vielleicht kam das öfter vor, als man glaubte. Wahrscheinlich findet man deswegen nie einen.

»Soll ich dem Typ was ausrichten, wenn er wieder mal kommt?«, fragte Tommy.

»Ja«, sagte ich. »Frag ihn, ob's ihm Leid tut, dass er mich nicht getroffen hat.«

34

Eine Spur kann alt sein, eine Spur kann kalt sein, aber jede Spur ist besser, als mit einer zerschlissenen Reisetasche in der Hand diese Grand Central Station von Welt zu durchstreifen und jemanden zu suchen, der nie da ist. Während ich zum Lone Star Café rüberstiefelte, dachte ich an die drei Johns, die ich aus dem Friedenskorps kannte. Ich glaubte zwar nicht, es hier mit einem von denen zu tun zu haben, aber ein guter Detektiv sollte allzeit bereit sein. Zwei von diesen alten Freunden hatte ich seit fast zehn Jahren nicht mehr gesehen, aber wir waren in Verbindung geblieben. Beide hätten es also nicht nötig, nach New York zu kommen, um einen Barkeeper im Monkey's Paw nach mir auszuquetschen. Vorsichtshalber ging ich die drei noch einmal durch, während ich nach links auf die Fifth Avenue abbog. John Mapes hatte dunkles Haar und braune Augen und lebte auf Hawaii. John Schwartz hatte dunkles Haar und braune Augen und lebte in Australien. John Morgan hatte hellbraunes Haar und undefinierbar braungrüne Augen und lebte in Columbus, Ohio. Ich hatte ihn vor ein paar Jahren in dieser verkommenen uramerikanischen Stadt besucht, und wenn er sich nicht die Haare gebleicht und blaue Kontaktlinsen besorgt hatte und den Wiener Sängerknaben beigetreten war, gab es keinen Grund anzunehmen, er würde im Village rumhängen und den Leuten Einzelheiten über mich aus der Nase ziehen, wo er mich doch genauso gut anrufen konnte. Nein, besagter John war nicht mit dem Kinkster befreundet.

Im Lone Star bereitete man sich auf einen großen Abend mit dem großen Ray Benson vor, dem größten lebenden Juden der Welt, der in ein paar Stunden mit seiner Band Asleep at the Wheel auftreten sollte. Asleep at the Wheel bestand aus elf Musikern, und ich war gespannt, wie die sich alle auf die Bühne des Lone Star quetschen wollten, die ungefähr so groß war wie der Schlitten Rosebud in *Citizen Kane.* Ich war auch gespannt, ob ich aus Cleve und Bill Dick etwas über jenen speziellen John herausholen konnte, der aus dem Monkey's Paw garantiert sofort ins Lone Star gegangen war. Vielleicht war ich ja auf dem Holzweg, aber es konnte meiner Gesundheit schaden, wenn ich jetzt am Randstreifen anhielt. Am Ende wurde *ich* noch am Lenkrad schlafend gefunden.

Bill Dick war nicht da, aber Cleve hielt die Stellung. Als ich unten ins Büro kam, zog er gerade eine Linie von Bill Dicks Schreibtisch.

»Auch mal?«, fragte er.

»Klar«, sagte ich, »aber vorher brauch ich ein paar Informationen.«

»Au weia«, sagte Cleve, »das muss ja wichtig sein.«

»Ist hier ein schräger Vogel vorbeigekommen und hat nach mir gefragt?«

»Tagaus, tagein«, sagte Cleve. »Das sind deine Fans. Aber nie 'ne Torte. Immer nur Typen. Ganz schön schräg.«

»Ich meine einen bestimmten Typen. Langes aschblondes Haar, blaue Augen, trägt 'ne alte Armyjacke. Nennt sich John. Sagt dir das was?«

»Rein zufällig ja. So einer war da und hat gesagt, ihr würdet euch von früher kennen, hättet euch aber aus den Augen verloren. Er wollte wissen, wo du wohnst. Ich hab gesagt, du pofst bei Ratso in der Prince Street. Er hat gesagt, dann weiß er Bescheid. Warum? Ist das wichtig?«

»Das ist nicht wichtig, das geht um Leben und Tod«, sagte ich. »Ich muss Ratso warnen.«

»Warn dich erst mal selbst«, sagte Cleve. »Vor zwanzig Minuten saß der Typ noch oben an der Bar.«

»Ich glaub, jetzt hätt ich gern die Linie«, sagte ich.

Erst weihte ich mein linkes Nasenloch und dann Cleve in alles ein, was er über den Verdächtigen wissen musste. Vorsichtig tasteten wir uns die dunkle Kellertreppe des Lone Star hoch und blieben dann auf halber Strecke zur oberen Bar stehen.

»Hoffentlich ist das kein *Stairway to Heaven*«, sagte Cleve.

»Möcht ich bezweifeln«, sagte ich. »Die hab ich nur mal betreten, als ich bei einem Led-Zep-Konzert im Backstage-Bereich neben Jimmy Page gepinkelt hab.«

»Du pinkelst gleich neben mir, wenn der Vogel mit 'ner Knarre auf uns zielt.«

»Der Vogel ist ausgeflogen«, sagte ich, als wir uns in der oberen Bar umsahen, momentan einer bar jeder Klientel.

Cleve erkundigte sich beim Barkeeper, der sich aber nicht sicher war, ob der Typ wirklich gegangen war. Er habe sich nicht viel mit ihm unterhalten. Der Typ habe bloß wissen wollen, wann Kinky Friedman hier sein nächstes Konzert gebe.

»Wir sehen uns noch auf dem Dach um, und dann ruf ich Ratso an und sag ihm, er soll nicht aus dem Haus gehen wie dereinst Emily Dickinson«, sagte ich.

»Und keinen Fliegen beim Summen zuhören«, sagte Cleve.

»Der ist bestimmt weg«, sagte ich, als wir behutsam die Hintertreppe aufs Dach erklommen, wo die Garderoben, Lokusse und der Leguan lagen. »Hat der Laden eigentlich einen Wachmann?«

»Der steht vor dir.«

»Das hatte ich befürchtet.«

»Keine Angst«, sagte Cleve. »Wir kriegen gleich Verstärkung. Wenn Bill Dick die Spuren vom Schnupfpulver auf seinem Schreibtisch entdeckt, kommt der mit Siebenjudenschritten hier angetanzt.«

»Das hässliche Haupt des Antisemitismus erhebt sich einmal mehr.«

»Das hässliche Haupt macht mir eher weniger Sorgen. Ich will bloß sichergehen, dass der Typ nicht mehr im Club ist.«

Wir durchquerten die schummrige Garderobe, bis Cleve den Lichtschalter fand. Nirgends lauerte ein Missetäter. Nichts als leere Bierflaschen und Essensreste, der Müll der Band vom Vorabend.

»Meine Güte«, sagte ich, »gibt's in eurer Tagschicht keinen Hausmeister?«

»Der steht vor dir«, sagte Cleve.

Als er das große Metallgitter öffnete, durch das man auf die Dachterrasse und zum Leguan hinauskam, glaubte ich, aus Richtung des Lokus hinter uns ein Geräusch zu hören. Als das beruhigende Tageslicht in die dunkle Garderobe flutete, tat ich es mit einem Achselzucken ab und trat dann hinter Cleve aufs Dach. Von hier aus konnte man auf die Fifth Avenue hinabsehen.

»Na also«, sagte Cleve, »die große alte Echse steht noch da.«

»Ein Glück, dass meine große alte Echse nicht hier oben stehen muss.«

»Sag das nicht zu laut. Du solltest mal sehen, wie das Monster die Torten anzieht. Das muss irgendwas haben, was sie unheimlich antörnt. Vielleicht sind grüne Schuppen ja sexy. Ich könnte mir gut vorstellen, dass der Leguan mehr Groupies hat als du.«

»Ich bin nicht eifersüchtig«, sagte ich. »Wenn sich da draußen nur ein einziger Mensch von mir angesprochen fühlt, halt ich mich schon für einen Erfolg.«

In diesem Augenblick ertönte drinnen im Club ein lautes Geräusch. Praktisch im selben Moment stieß das Monster eine schrille, unirdische Klage aus, die, wie uns schnell dämmerte, der Nachhall einer von seinen Metallschuppen abprallenden Kugel war.

»Ich glaube, da hat sich gerade einer angesprochen gefühlt«, sagte Cleve und suchte Schutz hinter einem der Hinterbeine des Leguans.

»Sehr ansprechend find ich seine Reaktion aber nicht«, sagte ich und warf mich zu Boden. »Ohne Fallschirm kommen wir nie von dem Dach runter. Scheiße, Mann, was machen wir jetzt?«

»Mir nach«, sagte Cleve.

»Ich bin deinem Arsch nach, als wir hier rauf sind«, sagte ich und linste nervös über die riesige rechte Hinterklaue des Leguans.

»Na dann: *Stand by your man.*«

»In diesem Fall eher *Lie beside your man.*«

»Hier gibt's nur einen Ort, wo wir in Sicherheit sind.«

»Und der wäre?«

»Im Monster selbst«, sagte Cleve und schlängelte sich näher an die Fifth Avenue ran.

Genau unter dem Leguanbauch griff er hoch und schob einen Riegel zurück, worauf sich wie der Einstieg bei einem Kopf stehenden U-Boot eine Luke öffnete. Wir nahmen sie als Schutzschild, stemmten uns hoch und krochen in das Metallmonster. In der Adrenalinabteilung waren wir beide im roten Bereich. Wir schlossen die Luke und setzten uns wie zwei zugeknallte Jonasse im Wal hin.

»Unten bleiben«, sagte Cleve. »Das Mistding ist hässlich, aber nicht unbedingt kugelsicher.«

»Werd's mir merken«, sagte ich und legte mich irgendwo im Dickdarm der Kreatur flach auf den Boden.

Kaum lag ich, wurden in schneller Folge drei weitere Schüsse auf uns abgegeben. Wir drückten uns an die Bauchauskleidung des Leguans und warteten mehrere Leben lang, ob da noch was nachkam, hörten aber nur das Hupen und den Verkehrslärm von der Fifth Avenue heraufdringen. Die Innereien des Monsters glichen zunehmend einer indianischen Schwitzhütte, aber wo wir waren war es nun einmal sehr viel sicherer, als wo wir nicht waren. Wir warteten noch ein bisschen, und endlich hörten wir Stimmen. Am lautesten war Bill Dick, der herumstänkerte, weil das Tamtam seine Kunden aufschreckte.

»Vor zwei Wochen wirst du in einem Taxi beschossen«, sagte Cleve und ließ mit zittrigen Fingern die Luke hinab. »Dann jagt einer deinen Loft in die Luft. Jetzt der Angriff auf Fort Leguan. Wie zum Teufel schaffst du es bloß immer, dich in solche Situationen zu bringen?«

»Glück muss der Mensch haben«, sagte ich.

Als ich aus dem Leguan auf die *terra firma* des Dachs vom Lone Star trat, fühlte ich mich tatsächlich so glücklich wie Charles Lindbergh. Merkwürdigerweise fiel mir ein, wie ich mir mal in Austin zusammen mit Sammy Allred und Dylan Ferrero, allesamt so high, dass wir drei Trittleitern gebraucht hätten, um uns am Hintern zu kratzen, einen Streifen über Lindberghs berühmten Flug angesehen hatte. Als sich Lindbergh nach sechsunddreißigstündiger Flugzeit Paris nähert, nimmt er in dem Film die Pilotenbrille ab, greift in eine braune Papiertüte und isst seinen Proviant. Dylan hatte das mit den Worten kommentiert: »Jetzt guckt euch das an! Noch 'ne halbe Stunde bis zu den besten Restaurants der Welt, und der packt seine Butterstulle aus.«

35

Das Pendeln zwischen Sofas kann einem armen Cowboy ziemlich schwer fallen, besonders im Winter in New York City. Und ich musste nicht nur viel fremdliegen, ich hatte auch das Gefühl, ich sollte meine Gewohnheiten und meine Lebensweise von Grund auf ändern. Anders gesagt, ich suchte nach einer Lebensweise, bei der ich ohne mich auskam. Ich konnte mir die unangenehmen Schlagzeilen vorstellen, wenn ich bei Big Wong's oder im Monkey's Paw weggepustet wurde wie ein Arme-Leute-Mafioso. Also besuchte ich neue Lokale und versuchte, nie länger als ein paar Nächte an ein und demselben Ort zu pofen. So wurde ich rein zufällig zur perfekten Hauspest. Nach ein paar Tagen verpisste ich mich immer. Jede Hauspest, die länger als drei Tage bleibt, stinkt unweigerlich wie ein tausendjähriges chinesisches Ei.

Wie sich denken lässt, schlief ich als Erstes beim Bakerman; milieumäßig war das gegenüber Ratsos Loch zwar ein großer Fortschritt, aber die Wohnung war nur so groß wie meine Nase, außerdem brachte Baker oft einen süßen kleinen Fratz mit nach Hause, und dann hatte ich die Wahl zwischen der Beförderung zum Profivoyeur und langen kalten Nachtwanderungen. Ich probierte beides aus, konnte mich aber mit beidem nicht so recht anfreunden.

Nachdem ich mir ein paarmal den Bakerman beim sexuellen Freistilringen reingezogen sowie einige Nachtwanderungen absolviert hatte, zog ich in Chingas neue

Wohnung am Central Park South. Im Vergleich zu Bakers Wohnung hatte man dort sehr viel Platz, aber hier war das Hauptproblem, dass man Chingas Wohnung nicht ohne Chinga bekam. Es gab »für so eine kleine Gruppe ganz schön viele Regeln«, wie mein Freund Dr. Jim Bone zu sagen pflegte. Chinga rauchte Haschisch wie ein Dach voller Mary-Poppins-Schornsteine, aber wenn ich eine Zigarre paffen wollte, geriet er immer in heftigsten Aufruhr. Auch sein fehlgeleiteter Striegelmechanismus machte sich wieder bemerkbar, und seine Schwäche fürs Fingerhakeln war kaum noch zu zügeln. Noch dazu war er hochgradig paranoid, was sich in einem generellen Besucherverbot zeigte, der Abweisung von Alltagszustellungen und dem Mithören aller Telefongespräche. Die Paranoia machte mir nichts aus. Für eine Hauspest in Lebensgefahr kann ein Mensch wie Chinga ein liebenswürdiger Gastgeber sein, immer vorausgesetzt, man möchte seinetwegen nicht gleich die Sandsäcke des Irdischen abwerfen.

Sowohl von Tom Baker als auch von Chinga aus versuchte ich immer wieder, Rambam und Judy zu erreichen. Beiden sprach ich Nachrichten aufs Band, aber beide waren wie vom Radarschirm verschwunden. Am dritten Tag bei Chinga hatte ich die Wahl, zu verschwinden oder mich an der reichverzierten Duschstange aufzuhängen. Zu meinem Entsetzen fiel mir auf, dass auch ich zunehmend Symptome eines fehlgeleiteten Striegelmechanismus zeigte.

Im Costello's, einer innerstädtischen Stammkneipe vieler Journalisten, erblickte ich ein Mitglied des vierten Standes, das mir bekannt vorkam. Ich trank einen Jameson Irish Whiskey, er trank einen Wodka McGovern.

»He, Kink«, sagte McGovern. »Wo hängst du die Tage denn ab?«

»In der Bar hier«, sagte ich.

»Komisch«, sagte McGovern. »Ich auch.«

Er verbrachte viel Zeit im Costello's, aber nach unzähligen weiteren Runden stellte sich heraus, dass er sogar eine eigene Wohnung hatte, in die wir uns schließlich zurückzuziehen anschickten. Sie lag im Village an der Jane Street, einem Garten gegenüber, der sich der letzten funktionierenden Windmühle von New York City rühmte. McGoverns Wohnung konnte, was Degeneriertheit und Unordnung anging, noch nicht ganz mit Ratsos mithalten, hatte aber ihre eigene Anmut und Verschrobenheit. Wir hatten sie kaum betreten, da ließ er die Katze aus dem Sack.

»Okay«, sagte er. »Mal unter uns Pastorentöchtern.«

»Was faselst du da?«

»Dieser geheimnisvolle Verrückte, der dich umbringen will. Der Typ, von dem du im Costello's erzählt hast. Der deinen Loft in der Nacht in die Luft gejagt hat, wo du geglaubt hast, er wäre hinter Abbie Hoffman her. Das ist die Story. Ist er hinter Abbie her? Ist er hinter dir her? Wie stellst du's an, ihn zu erwischen, bevor er dich erwischt? Das wäre eine Superstory, und ich bin genau der Richtige, um sie zu schreiben. Vielleicht kann ich dir sogar helfen.«

»Unter uns Pastorentöchtern«, sagte ich. »Wie?«

»Du solltest die Macht der Presse nicht unterschätzen. Es gibt tausenderlei Wege, den Typ zu manipulieren ...«

»Und mich erst ...«

»... und aus dem Unterholz zu locken. Weißt du beispielsweise, wer das überhaupt ist? Kennst du sein Motiv?«

»Unter uns Pastorentöchtern«, sagte ich, »nein und nein.«

»Es gibt auch andere Mittel und Wege, wie wir dir helfen können.«

»Wen meinst du mit ›wir‹? Hast du eine Maus in der Tasche?«

»Ich meine deine Freunde. Ich hab nämlich meine Hausaufgaben gemacht. Dieser vorpubertäre Privatdetektiv Rambam, mit dem du Ränke schmiedest. Der ach so treue Ratso. Tom Baker, der Nichtsnutz. Dein Freund Chinga, der auf Fingerhakeln steht.«

»Woher weißt du das alles?«

»Tut mir Leid, Informantenschutz. Und du hast noch einen Freund, an den du bisher nicht gedacht hast.«

»Judas Ischariot?«

»Nicht ganz«, sagte McGovern und lachte sein für-drinnen-zu-lautes irisches Lachen. »Dieser andere Freund bin ich. Du sitzt ganz schön in der Tinte. Den Cops ist die ganze Chose viel zu abgefahren. Die helfen erst, wenn das Kind in den Brunnen gefallen ist, und dann ist es zu spät. Wie wär's also mit *A Little Help from Your Friends?* Wir können eine informelle paramilitärische Gruppe gründen. Wir könnten uns Kommando Kinky nennen.«

»Schwacher Name«, sagte ich.

»Keine Angst«, sagte McGovern. »Vielleicht sind wir auch nur eine schwache Hilfe.«

Ich war unwillkürlich gerührt vom Angebot des großen Iren. Ich saß wirklich in der Tinte. Der Typ namens John in der Armyjacke wusste mehr über mich als ich über ihn. Da konnte es nicht schaden, ein bisschen Hilfe zu rekrutieren. Außerdem hatte McGovern etwas Vertrauenerweckendes. Noch vor Tagesanbruch hatte ich ihm alles erzählt, was ich wusste, und einiges, was ich vermutete.

»Ist das noch unter uns Pastorentöchtern?«, fragte er.

»Das können auch die Brüder hören«, sagte ich. »Aber frag mich, bevor du was veröffentlichst.«

»Eine weise Entscheidung«, sagte McGovern. »Genau an der Stelle hat Jesus Mist gebaut.«

»Wie meinst du das?«

»Er war ein großer Lehrer«, sagte McGovern, »aber er hat nie was veröffentlicht.«

36

Am Tag darauf erhob ich mich wie Lazarus von McGoverns großem rosa Diwan, einem Möbelstück, das angeblich zweimal über den Atlantik gereist war. Ich bekam gerade noch mit, wie sich die Morgensonne über die Feuerleiter in Carole Lombards Augen ergoss. Carole hatte nichts dagegen. Sie musste eine von McGoverns Schutzheiligen sein, denn ihr Bild hatte einen Ehrenplatz an der Wand neben seinem kleinen Kamin. Im Kamin brannte ein kleines Feuer, in Lombards Augen brannte ein größeres, aber beide bekamen die Wohnung nicht warm. McGovern störte das nicht weiter. Hemdsärmelig stand er da und kochte einen wunderbaren Kaffee mit einer Zugabe Bushmill's.

»Und du bist dir jetzt sicher, dass der Typ nicht hinter Abbie her ist«, sagte er. »Sondern hinter dir.«

»Ich kann verstehen, dass er mich im Taxi mit Abbie verwechselt, nachdem er Abbie mit einem schwarzen Cowboyhut gesehen hat. Ich kann aber nicht verstehen, dass er Abbie mit einem großen grünen Leguan verwechselt. Nach den Schüssen im Lone Star können wir davon ausgehen, dass Abbie mit der Sache nichts zu tun hat.«

»Da könntest du Recht haben, aber was ist mit deiner Freundin Judy? Ich hab sie ein paarmal im Paw getroffen, aber wie glaubwürdig findest du die angeblichen Sichtungen ihres toten Fliegerschatzes?«

»Ungefähr genauso glaubwürdig wie deine Sichtungen Carole Lombards. Sie ist bei einem Seelenklempner namens Richard Bock in Behandlung. Ich weiß nicht genau, ob der wirklich Seelenklempner ist. Vielleicht ist er bloß ein Psychologe, der Seelenklempner werden will, wenn er groß ist.«

»Der Traum eines jeden Schuljungen«, sagte McGovern lachend.

»Judys Seelenklempner ist übrigens auch der von Abbie. Ganz schön großer Zufall, finde ich.«

»Der wird auch noch *dein* Seelenklempner, wenn du diesen John nicht findest und zwar flott. Warum trommeln wir nicht das Kommando Kinky zusammen?«

»Weil ich den Namen nicht abkann«, sagte ich.

Im Lauf des Vormittags klingelte das Telefon. Nachdem ich einen Stapel alter Zeitungen von der Höhe des Chrysler Building umgestoßen hatte, um zum Hörer zu gelangen, war ich hocherfreut, Rambam am anderen Ende der Leitung zu hören. Ein paar Tage zuvor hatte ich ihm kurz auf Band gesprochen, was im Lone Star passiert war. Er teilte mir mit, dass seitdem seine Ermittlung auf Hochtouren gelaufen sei. Zum einen, sagte er, habe es schon eines gewissen detektivischen Spürsinns bedurft, mich zu finden. Er habe Ratso angerufen, der ihn an Baker verwiesen habe, der ihn an Chinga verwiesen habe, der ihn an McGovern verwiesen habe. Wenigstens sei er dem Fingerhakeln mit Chinga entronnen, meinte er noch.

Ich weihte ihn in die Einzelheiten des Vorfalls mit Cleve und dem Leguan ein und erwähnte auch meinen angeblichen alten Kameraden namens John, der sich bei Tommy, dem Barkeeper im Monkey's Paw, nach mir erkundigt hatte. Dann herrschte einige Zeit Schweigen in der Leitung. Entweder überlegte Rambam, oder er bekam den Nachwuchs in den Griff.

»Pass auf«, sagte er schließlich, »dieser Verrückte hat dir gegenüber jetzt schon viermal Gewalt angewendet.

Die Sache mit der großen Echse, die Handgranate in deinem Loft, der Schuss aufs Taxi – das war übrigens ein guter Schuss ...«

»Ich sag's ihm, wenn ich ihn das nächste Mal sehe ...«

»... und ich bin davon überzeugt, dass auch die Schüsse auf Abbie mit Cowboyhut dir galten. Sowie die antisemitische Morddrohung am Telefon.«

»Damit kann ich leben.«

»Fragt sich nur, wie lange. Entweder ist der Typ Mr. Magoo, oder du hast ein Wahnsinnsschwein gehabt. Du solltest ihm nicht noch mal ins Fadenkreuz geraten. Jetzt ist eine Art Präventivschlag angesagt.«

»Das fand der Bakerman auch.«

»Dann hatte er ausnahmsweise Recht.«

Ich zündete mir eine Zigarre an und sah McGoverns großer Gestalt nach, die anscheinend zu weiteren morgendlichen Waschungen auf den winzigen Lokus trampelte. Der geforderte Präventivschlag gegen einen Verrückten in einer Stadt, in der zwölf Millionen davon frei herumlaufen, konnte knifflig werden. Die Hälfte aller ausgebrannten Hippies auf der Welt lebte in New York, und alle hatten langes Haar und trugen alte Armyjacken. Wahrscheinlich hießen sie auch alle John, sagte ich mir, während ich auf die nächste Weissagung des Orakels von Brooklyn wartete.

»Außerdem habe ich in Sachen deiner Freundin Judy recherchiert.«

»Judy?«

»An die wirst du dich doch noch erinnern«, sagte Rambam. »Wenn sie nicht damit beschäftigt ist, deine Freunde zu nageln, ist sie damit beschäftigt, ihren toten Freund zu sehen oder ihren Seelenklempner zu besuchen.«

»Psychologen.«

»Proktologen«, sagte Rambam. »Gehupft wie besprungen. Tim ist jedenfalls aller Wahrscheinlichkeit nach tot. Laut Standesamt von North Carolina liegt er dort begraben, und die Bestätigung von der Gräberverwaltung in Honolulu müsste auch jeden Augenblick reinkommen. Die können die Leiche für uns offiziell identifizieren. Aber das beschäftigt mich weniger.«

»Mich beschäftigt das auch nicht so. McGoverns Grunzgeräusche um so mehr.«

»Wie wär's mit Folgendem? Gehen wir mal rein theoretisch davon aus, dass der Mond aus gefilte Fisch besteht und Judys Exfreund Tom noch lebt. Wusstest du eigentlich, dass Judy laut denselben alten Standesamtsunterlagen nicht nur Tims Freundin war?«

»Sag bloß nicht, sie war seine Schwester. Davon ist nämlich Ratso ausgegangen.«

»Nun, Virginia, dein kleiner Freund Ratso war im Irrtum. Sie war nicht Tims Schwester. Sie war Tims Frau.«

»Jesus.«

»Nein, Moses«, sagte Rambam. »Jetzt frag dich mal: Lohnt es sich, ihretwegen eins der zehn Gebote zu übertreten?«

»Es gibt nur ein Gebot, das ich übertreten haben könnte, und das stammt nicht von Gott. Es ist das erste Gebot meines Freundes Sammy Allred.«

»Und das wäre?«

»Leg deinen Stift und deinen Schwanz nie auf denselben Tisch.«

37

McGovern gehörte zu den wenigen erwachsenen Amerikanern in New York City, die keinen Anrufbeantworter besaßen, also konnte Judy vergeblich versucht haben, mich anzurufen. Wenn man bei McGovern poft, besucht man zwar nicht viele Picknicks, Museen, Broadway-Premieren oder Polterabende, aber das hieß noch lange nicht, dass wir die ganze Zeit in der Wohnung herumhingen wie Emily Dickinson und ihr Hund Austin. Es gab häufige Abstecher nach Chinatown, ganz zu schweigen von jojomäßigen Aktivitäten, die sich auf der kürzesten Verbindung zwischen zwei Halben von McGoverns Wohnung zum Bistro an der nächsten Ecke entfalteten. Als Judy mich am Spätnachmittag des folgenden Tages erreichte, hatte ich jede Menge Zeit gehabt, über alles nachzudenken. Trotz dieser Zerebrallawine war ich noch immer ein Bär von geringem Verstand.

Als das Telefon klingelte, tranken McGovern und ich gerade Wodka McGoverns aus großen Gläsern, und in der Verwirrung, zu der es kam, weil wir gleichzeitig abheben wollten, trat McGovern auf das unglückliche Gerät. Als ich mich endlich melden konnte, klang Judy schon leicht gereizt, aber nicht sonderlich angegriffen.

»Warum dauert das denn so lange, Mann?«, schrie sie.

»Ein großes Säugetier ist aufs Telefon getreten.«

»Ich versuch schon seit Tagen, dich zu erreichen. Ich hab Ratso angerufen, und der hat mich an Tom Baker verwiesen ...«

»Der hat dich erst mal frisiert ...«

»Du hast erst mal Sendepause. Der hat mich an Chinga verwiesen. Chinga hat mich an McGovern verwiesen. Und dann hat das Telefon eine Ewigkeit nur gebimmelt und gebimmelt.«

»Wie Hochzeitsglocken«, sagte ich.

»Ich bin seit einer Woche hier oben in Westchester«, fuhr Judy ungerührt fort, »zu einem von Dr. Bock empfohlenen Therapieseminar mit heißen Bädern. Es heißt ›Die Vergangenheit loslassen‹.«

»Hast du?«

»Mein Gott, hoffentlich. Ich glaube, ja, Kinky.«

»Vielleicht sollte ich die Tage mal nach Westchester kommen.«

»Zu spät. Der Professor, der das Seminar leitet, fliegt morgen nach L. A. zurück.«

»Typisch«, sagte ich. »Aber wahrscheinlich hätte das Programm mir sowieso nicht viel gebracht. Es ist schwer, eine Vergangenheit loszulassen, an die man sich nicht mal erinnern kann.«

»Meinst du, du kannst dich daran erinnern, mit mir essen zu gehen? Ich komm heute Abend in die Stadt zurück, will kurz zu mir, um meine Sachen abzuladen, und dann kann ich dich bei McGovern abholen.«

»Riecht gut«, sagte ich.

Ich diktierte ihr McGoverns Adresse und Wohnungsnummer. Nachdem ich aufgelegt hatte, brachte McGovern erst mal meinen Wodka McGovern auf den Ausgangspegel zurück. Wie jeder gute Reporter auf heimischem Terrain war er neugierig, was es mit dem Anruf auf sich hatte.

»Worum dreht sich dieses ganze Loslassen der Vergangenheit?«, wollte er wissen.

»Judy macht in Westchester eins von diesen Seminaren mit heißen Bädern.«

»Warum finden Seminare mit heißen Bädern immer an Orten wie Westchester statt?«

»Weil an einem Seminar mit heißen Bädern in New Jersey niemand teilnehmen würde.«

»Glaubst du, es ist wichtig, seine Vergangenheit loszulassen?«

»Da ich der jüdischen Glaubensrichtung anhänge, lautet die ermüdende, ausweichende und talmudische Gegenfrage: Glaubst *du,* es ist wichtig, seine Vergangenheit loszulassen?«

»Nie im Leben«, sagte McGovern lachend. »Ich klammere mich daran wie an den letzten Strohhalm.«

»Du wirst auch nicht von einem eingebildeten toten Freund gejagt und gehetzt.«

»Ich halte mich an rosa Elefanten«, sagte McGovern.

Den Rest des Nachmittags hing ich in McGoverns Wohnung herum, auch wenn da nicht viel Platz zum Hängen war. Irgendwie fehlten mir die weiten und offenen Räume des Lofts in der Vandam Street. Dummerweise fehlte mir im wesentlichen ein Flat im ersten Stock. Seltsam, dass ich es plötzlich als Flat bezeichnete. Tom Baker nannte es immer Flat. Ich nannte es Loft. Baker nannte es Flat, weil das in England so genannt wurde. Er wollte wohl der bessere Kosmopolit von uns beiden sein. Was er ja auch war. Jeder war ein besserer Kosmopolit als ich. Aber wenn man jemandem nahe steht, färbt das ab. Wenn Sie sich je im Wartezimmer eines Tierarztes aufgehalten haben, wird Ihnen aufgefallen sein, dass die Menschen und ihre Freunde aus der Fauna verblüffende Ähnlichkeiten aufweisen. Sie werden beispielsweise nie einen großen, fetten, unbeschwerten Menschen, ob Mann oder Frau, mit einem dürren, frettchengesichtigen, höchst aufgeregten Tier, ob Hund oder Katze, hereinkommen sehen. Wenn Sie einen traurigen Mann sehen, wird er einen traurigen Hund haben. Sogar ihre Augen werden sich gleichen. Wenn eine neurotische, unangenehme Frau hereinkommt, dann mit einem neurotischen, unangenehmen Tier. Ob Hund oder Katze. Ein alter Mann wird einen alten Hund haben. Eine Frisbee spielende Nervensäge wird einen Golden Retriever mit einem je nach Geschlecht des Tieres blauen oder roten Halstuch dabeihaben. Oder Sie erblicken ein ältliches Paar, das zum Steinerweichen weint und in einem Leinensack einen siebzehn Jahre alt gewordenen Schäferhund dabeihat, der gerade eingeschläfert worden ist, wie man so sagt. Der Leichnam ist groß, und der Sack ist schwer, und eine Arzthelferin kommt und bietet ihre Hilfe an, aber sie tragen ihn ganz allein zu ihrem Oldsmobile 88. Sie wollen ihn selber tragen. Das werden sie immer wollen. Die Welt hat viel mit dem Wartezimmer eines Tierarztes gemeinsam. Viele Menschen. Viele Tiere. Viel Leben, Tod und Krankheit. Viel Warten. Unbezahlte Rechnungen. Abzuschneidende Hoden. Es regnet Katzen und junge Hunde. Wieder mal Noahs Arche.

»Vielleicht sollte ich mir einen Hund anschaffen«, sagte ich zu McGovern. »Die Menschen hab ich langsam satt.«

»In New York?«, sagte McGovern. »Da ist ein Hund reiner Wahnsinn. Hier brauchst du ein Tier, das nichts dagegen hat, den ganzen Tag allein in der Wohnung zu sein, die du im Moment natürlich auch nicht hast.«

»Aber irgendwann werde ich wieder eine eigene Wohnung haben.«

»Ein Hund in der Stadt ist trotzdem keine gute Idee.«

»Gut, dann besorg ich mir eben einen Käfer.«

»Warum denn nicht gleich so?«, sagte McGovern. »Den kannst du dann Franz nennen.«

»Ich fühl mich selber langsam wie Kafka. Ich weiß, dass mir der Typ irgendwo da draußen auflauert. Ich weiß, dass etwas geschehen wird.«

»Hast du mit den Cops gesprochen?«

»Ja, nachdem das im Loft passiert ist und dann noch mal nach dem Sturmangriff auf Fort Leguan. Den fanden sie ganz witzig, was ja auch einleuchtet . Aber angeblich reicht das nicht, um einzuschreiten. Der eine hat gesagt, erst wenn ich dahingehe, würden sie dem nachgehen.«

»Die Polizei, dein Freund und Schläger« sagte McGovern.

38

Ich sprang in McGoverns mikroskopisch kleine Nasszelle und duschte. Zur Vorbereitung auf mein Rendezvous mit Judy sang ich ein ausgedünntes Potpourri der drei größten Songs aller Zeiten. Der erste war natürlich »Danny Boy«. Die Briten mochten jedes einzelne Land auf der Welt unterwerfen, aber einen Song wie »Danny Boy« brachten sie nicht hin. Der zweite Song war »Waltzing Matilda«, geschrieben 1896 von dem Australier Banjo Patterson, aber immer noch imstande, die Wildheit dieses abgelegenen und traumumwitterten Strandlandes einzufangen, das jeder Mensch sehen will und im Alter nicht gesehen zu haben bereut. Als drittes sang ich den vielleicht traurigsten der drei Songs, »My Old Kentucky Home«, das bekanntlich von einem Mann geschrieben wurde, der in New Yorks Gosse starb.

Ich kroch aus der Nasszelle, trocknete mich mit einem klammen, von der Heizung genommenen Handtuch ab, putzte mir die Zähne und bürstete meine Matte mit etwas, das ich für McGoverns Haarbürste gehalten hatte, nur um später zu erfahren, dass es eine Klobürste war. Es kam aufs Gleiche raus. Unter einem Cowboyhut lässt sich viel verstecken.

Ich lebte in dieser Zeit aus meiner zerschlissenen Reisetasche, und da es in McGoverns Wohnung tierisch kalt war, zog ich mich schnell an und gesellte mich auf einen weiteren Wodka McGovern zu meinem Gastgeber. Dann ging McGovern eine Weile weg. Dann kam er wieder zurück. Dann ging er wieder weg, und mir ging auf, dass Judy spät dran war. Schließlich kam McGovern wieder zurück, aber eine Judy war weit und breit nicht zu sehen.

»Wie lange braucht man von Westchester nach Manhattan?«, fragte ich ihn.

»Ich würde etwa zwei Minuten brauchen«, sagte er, »aber manche Menschen schaffen es nie.«

»Scheiße, Mann, was kann Judy bloß passiert sein?«

»Keine Ahnung«, sagte McGovern, »Aber da sie noch immer nicht da ist, würde ich für sie weder auf Sieg noch auf Platz setzen.«

»Aber sie war ganz versessen darauf, heute Abend mit mir wegzugehen.«

»Nimm's nicht so schwer«, sagte McGovern. »Es gibt nur wenige Männer, die sich rühmen können, zugunsten eines toten Freundes versetzt worden zu sein.«

»Ich habe das ungute Gefühl, dieser Kadaver könnte sich als quicklebendig herausstellen.«

Cinderellazeit kroch schon immer näher, als ich beschloss, bei Judy anzurufen, aber da bimmelte das Telefon nur und bimmelte und bimmelte. Nach Hochzeitsglocken klang es nicht. Eher wie die Begleitmusik zur Beerdigung eines Freundes im Regen.

McGovern und ich überlegten, ob ich ihn ins Bistro an der Ecke begleiten oder mich mit der Klobürste totschlagen sollte, da geschah zweierlei. Das Telefon klingelte und die Türglocke summte. Für McGoverns Wohnung war das eine Überdosis an Aktivität, aber irgendwie bewältigten wir sie.

»Du schnappst dir den Hörer«, sagte McGovern. »Ich geh an die Tür.«

»In einem anderen Leben wärst du ein guter Manager«, sagte ich.«

»Noch ein Grund, die Wiedergeburt abzulehnen«, sagte McGovern und ging zur Tür.

Ich buddelte das Telefon unter einem Stapel alter *New York Times*en und *Washington Post*en aus und hörte gerade noch eine vertraute Stentorstimme. Rambam war dran.

»Große Neuigkeiten«, sagte er. »Honolulu hat sich gemeldet.«

»Ich soll in der Show von Don Ho auftreten?«

»Sehr komisch«, sagte Rambam, »aber ich hab was Komischeres. Meine Kontaktperson bei der Militärgräberhauptverwaltung kann die eindeutige Identifizierung der Leiche bestätigen. Lt. Tim Petzel war definitiv Judys Ehemann, wurde definitiv vor über drei Jahren in Vietnam abgeschossen, galt definitiv jahrelang als vermisst und wurde definitiv letztes Jahr lokalisiert, identifiziert, überführt und auf einem Militärfriedhof in North Carolina beigesetzt. Er ist also definitiv tot. Das heißt auch, wenn deine Freundin ihn dieses Jahr in New York gesehen haben will, hat sie definitiv zu viele Tauben auf der Antenne.«

»Ich werd's ihr ausrichten, wenn ich sie mal sehe.«

»Das sei dir unbenommen.«

»Im Moment benehm ich mich noch bei McGovern, aber ich hab langsam den Eindruck, dass du der bessere Gastgeber wärst.«

McGovern lärmte besoffenen Stuss ins Kästchen der Sprechanlage neben der Tür. Die aus dem Kästchen dringenden Geräusche klangen wie der Balzruf eines Seehundes, ihre Unverständlichkeit regte McGovern nur noch mehr auf, und er ließ seine Attacken zunehmend der ganzen Wand zukommen.

»*Verflucht noch mal, wer ist da?*«, schrie er.

»Mann, was ist denn da los?«, fragte mich Rambam.

»Definitiv ein Fall von Sachbeschädigung durch einen großen Iren, die sich gegen ein kleines Plättchen perforierten Metalls richtet, das eine allem Anschein nach fehlerhafte und nur unzureichend mit der Haustür dieses Gebäudes verbundene Gegensprechanlage abdeckt.«

»*Gottverfluchte Scheiße!*«, brüllte McGovern und hämmerte an die Wand. »*Wie heißt du altes Arschloch?*«

»Geh lieber runter und sieh nach«, sagte Rambam zu mir. »Am Ende steht Don Ho schon vor der Tür.«

Ich dankte Rambam kurz und knapp, legte auf und versuchte, an McGovern vorbei in den engen Flur zu kommen. Diese Operation war schwerer, als die Gebrauchsanweisung suggerierte. Inzwischen war uns beiden die Zurückhaltung ausgegangen, und ich hatte keine Lust, mich in einem winzigen Vorraum mit einem großen betrunkenen Iren im Squaredance zu messen. Was McGovern anging, war seinen Augen abzulesen, dass sich das flüchtige Glück meiner sorgenfreien Tage als farbenfrohe jüdische Hauspest dem Ende näherte.

Schließlich konnte ich mich an McGovern vorbeiquetschen, lief die Treppe hinab und durch das kleine Foyer zur Haustür hinaus. Auf den Steinstufen stand zitternd ein bleiches Gespenst. Als wollte es die Dämonen der New Yorker Nacht abwehren, trug die ätherische Gestalt eine rote Jacke mit einem über den Kopf gezogenen Käppchen.

»Das ist hier nicht Großmutters Haus«, sagte ich.

39

Als Judy unter Schmerzen die rote Kappe abstreifte, war sogar im Zwielicht der Straßenlaterne das Blut in ihrem Gesicht zu erkennen. Sie kam näher, und ich sah, dass sie übel zugerichtet worden war. Gewalt ist in der Großstadt wie auch auf dem Lande zum Alltag geworden, aber der städtischen Kriminalität schaut man besonders ungern ins hässliche Antlitz. In New York schafft Rotkäppchen es nicht immer durch den Wald.

»Judy«, sagte ich. »Was ist denn passiert?«

Zur Antwort schwankte sie leicht, ich sah ihre hässlich angeschwollene linke Gesichtshälfte, dann sank sie mir ohnmächtig in die Arme. Halb trug, halb schleifte ich sie zur Tür, die hinter mir wieder ins Schloss gefallen war. Fieberhaft suchte ich nach McGoverns Klingel. Aus Sicherheitsgründen waren die Tasten nicht in numerischer oder alphabetischer Ordnung angebracht. Eigentlich ein Wunder, dachte ich, dass McGovern je in seine Wohnung fand. Sie hatte die Nummer 2G, weswegen McGovern immer sagte, er käme nie auf einen grünen Zweig, um sich dann einen Ast zu lachen. Ich hielt die Taste gedrückt und schrie in die Sprechanlage.

»McGovern«, sagte ich. »Lass mich rein!«

»Das sagst du«, sagte McGovern.

»Mann, ich bin's, Kinky. Ich hab Judy gefunden. Sie ist verletzt.«

»Wer ätzt?«, fragte McGovern.

»McGovern, wenn du nicht sofort die Scheißtür auf…«

Aber da ertönte der Summer, die Tür ging auf, und Judys Auge flatterte ein paarmal. »Auge«, weil ihr linkes Auge zugeschwollen war und ich nur ihr rechtes sehen konnte. Ein so wilder und entsetzter Ausdruck lag darin, dass ich fast froh war, das andere nicht sehen zu können.

Sie war wieder bei Bewusstsein, trotzdem hatte ich das Gefühl, einen zweibeinigen Zombie durch den engen Flur zu führen. Judy schien es egal zu sein, wo ich sie hinbrachte. Im kalten, grellen Flurlicht erkannte ich eine Platzwunde an der linken Schläfe, aus der neonrotes Blut rann. So wie sie sich benahm und angesichts der schweren Verletzung stand sie bestimmt unter Schock.

»Wer war das, Judy?«, fragte ich sie, als ich sie die Treppe halb hochführte, halb trug.

»Was glaubst denn du?«, sagte sie mit monotoner, ja beängstigender Tonlosigkeit.

»Ich tippe auf Larry Holmes«, sagte ich und beobachtete ihre Reaktion.

»Ich tippe auf Larry Holmes«, wiederholte sie mit leiser und beängstigender Stimme, die mich gefährlich an die eines sterbenden Kindes erinnerte.

Kaum hatte ich sie in die Wohnung gelotst, hatte McGovern eine weitere Überraschung für mich parat. Er verwandelte sich auf magische Weise aus einem tobenden, unberechenbaren Teufel in die Florence Nightingale vom West Village. Bevor ich auch nur die Hände ringen konnte, hatte er sie schon in Schocklagerung mit hoch gelegten Beinen aufs Sofa gebettet und zugedeckt, untersuchte ihre Verletzungen und tupfte sie mit einem warmen Waschlappen ab. Er sprach sie leise an, und sie reagierte und verhielt sich etwas normaler. Während er ihr seinen speziellen »alteuropäischen steifen Grog« zubereitete, suchte ich mir ein großes Glas und machte mir noch einen Wodka McGovern.

»Meinst du, sie muss ins Krankenhaus?«, fragte ich ihn.

»Wenn sie das hier intus hat, ist sie in Null Komma nichts wieder auf dem Damm«, sagte McGovern und rührte wie ein verrückter Alchimist Zutaten in den steifen Grog.

»Du siehst weder wie ein hagerer Judenarzt noch wie eine fette Negerkrankenschwester aus«, sagte ich. »Weißt du eigentlich, was du da machst?«

»Verarschen kann ich mich alleine. Steh hier nicht im Weg rum.«

»Zu Befehl, Dr. Schweinebacke. Aber was ist, wenn sie Schocksymptome zeigt?«

»Aus dem Weg, oder ich zeige mich der Patientin. Dann kriegt sie garantiert einen Schock. Vorläufig könnten Sie, Inspektor Maigret, sich jedoch nützlich machen und herausfinden, wer ihr das zugefügt hat.«

»Ich werde sie sofort in die Mangel nehmen.«

Eingeschnappt versank ich mit dem Wodka McGovern in einem überpolsterten Sessel und beobachtete, wie sich McGovern um die Patientin kümmerte. Zugegeben, er machte den Eindruck, als wüsste er, was er tat. Kurz darauf winkte er mich zum Diwan.

»Es war nicht Larry Holmes«, sagte Judy. »Es war Tim.«

McGovern sah mich an. Ich verdrehte die Augen zu Carole Lombard, und entweder zwinkerte sie mir zu, oder der Wodka McGovern war ziemlich stark.

»Judy, Tim ist tot«, sagte ich. »Wir haben heute die offizielle Bestätigung bekommen.«

»Das hat er auch gesagt, und dann hat er mir seine Pistole über den Schädel gezogen. Fast hätte er mich gleich vor meiner Wohnung erschossen, aber dann hat er Leute die Treppe raufkommen gehört, und da hat er mich nur ein paarmal mit der Pistole geschlagen.«

»Wie rücksichtsvoll«, sagte McGovern.

»Was genau hat er gesagt?«, fragte ich.

»Er hat gesagt: ›Tim ist tot. Du willst es bloß nicht wahrhaben. Aber das müssta.‹«

»Müssta?«, fragte mich McGovern in einer Art lautem Bühnenflüstern.

»Südstaatendialekt für zweite Person Plural Indikativ«, sagte ich.

»Klingt gefährlich so, als wärst du damit gemeint, Kemosabe.«

»Judy«, sagte ich, »wie sah Tim aus?«

»Genauso wie vor dem Krieg«, antwortete sie fast wehmütig.

»Hilf mir mal auf die Sprünge, Judy«, sagte ich. »Ich war nicht im Krieg. Ich war im Friedenskorps. Wie genau hat er heute Abend ausgesehen? Beschreib mir Tim.«

Noch bevor Judy ein Wort gesagt hatte, ging mir in der Tradition aller großen Detektive auf, was für ein Idiot ich doch gewesen war. Wie Sherlock Holmes, notabene nicht verwandt mit Larry Holmes, war ich begriffsstutzig gewesen, einfach schwachsinnig. Wie Hercule Poirot war ich ein Hornochse gewesen, ein ausgemachtes Rindvieh, der Inbegriff aller großen, trägen Paarhufer auf dem Bauernhof, deren keiner jedoch so deppert oder hirnverbrannt sein kann wie ein fiktiver Detektiv, der ein Indiz übersehen hat, weil er sich allzumenschlich verhalten hat. Wie Sherlock und Poirot war ich in vieler Hinsicht ein fiktiver Detektiv. Die Hälfte des ganzen Falls spielte sich in meinem Kopf ab; die andere Hälfte war so echt wie Judys misshandeltes, mit Blutergüssen übersätes Gesicht, das von dem scheußlichen lachsfarbenen Diwan zu mir hochstarrte, dem Diwan, der zweimal über den großen Teich geschippert war, hin und wieder her aus einem Märchenland ewiger

Moore und ewiger Spiegel. Hier konnte Holmes für alle Zeiten ein ältlicher, exzentrischer Imker und Poirot für alle Zeit ein analfixierter, anonymer kleiner Mann sein, der seinen sorgfältig gepflegten Schnurrbart zwirbelte, der so silbrig geworden war wie der Spiegel unseres Lebens. Zwischen Literatur und Leben verläuft nur eine rasiermesserscharfe Trennlinie, und die muss oft ausradiert werden, wenn man an die Wahrheit des menschlichen Wesens herankommen will.

Ich hatte einen klassischen Fehler gemacht. Ich hatte angenommen, ein schnittiger Marinepilot würde vor, in und nach dem Krieg zu dieser Typenbeschreibung passen. Ich hatte ihn mir als Soldaten vorgestellt. Ich hatte nicht richtig zugehört, als Judy mir ihre erste Begegnung mit ihm vor dem Ear beschrieben hatte. »Er sah genauso aus wie vor dem Krieg«, hatte sie gesagt. Kriege ändern Männer. Kriege ändern Frauen. Kriege ändern alles. Ich hatte wirklich einen klassischen Fehler gemacht. Fast hätte er Folgen vom Ausmaß einer griechischen Tragödie gehabt.

»Komm schon, Judy«, half ich nach. »Wie hat Tim ausgesehen, als er dich heute überfallen hat?«

»Genauso wie vor dem Krieg«, sagte sie. »Etwas dünner sogar. Sein Gesicht war so ausgemergelt, dass ich fast Angst bekommen hab.«

»Und seine Haare?«, sagte ich und nickte McGovern bestätigend zu.

»Lang und blond«, sagte sie.

»Augen?«

»Himmelblau«, sagte Judy.

40

»Was soll das heißen, ›Tim lebt‹?«, rief Rambam, als ich ihn am nächsten Morgen ans Telefon bekam.

»Genau das«, sagte ich, trank einen Schluck von McGoverns wunderbarem Kaffee und paffte meine Zigarre. »Tim lebt.«

Judy lag noch weggetreten auf dem langen rosa Diwan, und das war mir nur recht. Nach dem, was mir inzwischen schwante, hätte ich sie ungern ohne ein schwerbewaffnetes Infanteriebataillon auf die Straße gelassen. Allem Anschein nach war es dort für mich aber auch nicht viel sicherer. In der Stadt lauerte das Verbrechen wirklich überall.

»Die Gräberverwaltung macht keine Fehler, Kinky«, sagte Rambam. »Deren Labore sind supergründlich, und wenn sie zu einer eindeutigen Identifizierung kommen, kannst du davon ausgehen, dass es eine eindeutige Identifizierung ist. Vielleicht halluziniert deine Freundin wieder. Vielleicht ist sie in Wirklichkeit von einem großen Schwarzen mit Sturmhaube überfallen worden.«

»Das passt nicht zu ihrer Beschreibung des Typen«, sagte ich. »Ihre Beschreibung passt vielmehr perfekt zu dem Typ, der *mir* ans Leder wollte und den du nach dem Handgranatenangriff auf Fort Friedman vom Loft hast weglaufen sehen. Das ist derselbe, Rambam. Und glaub mir, er *lebt.*«

»Ich weiß nicht, ob das derselbe ist oder nicht«, sagte Rambam. »Ich weiß nur, dass Tim höchstwahrscheinlich tot ist.«

Ich sah mich in der kleinen Wohnung um. McGovern war einkaufen gegangen, und wenn seine hünenhafte Gestalt nicht in der Sonne stand, sah alles gleich etwas größer aus. Aber klein war die Wohnung immer noch. Eine kleine Wohnung in einer kleinen Welt, wo kleine Launen des Schicksals große Unterschiede zwischen Menschen und Nationen bewirkten. Es würde ein harter Brocken werden, Rambam oder sonst jemanden von dem zu überzeugen, was sich meiner Meinung nach ereignet hatte. Ich war mir ja selber nicht sicher. Das *Warum* glaubte ich zu kennen. Nur aus dem *Wie* wurde ich nicht schlau.

Meine zwischenmenschlichen Kontakte verkümmerten, nachdem Rambam Judy und mir geraten hatte, im Haus zu bleiben oder uns zumindest ein paar Tage bedeckt zu halten, bis er einen Schlachtplan ausgearbeitet hatte. Ich hatte keine Lust, Anne-Frank-Stunden zu nehmen, und das sagte ich ihm auch.

»Warum zum Teufel müssen wir in McGoverns vollgekramter, klaustrophober Wohnung bleiben, wenn der Typ wahrscheinlich tot ist?«, wollte ich wissen.

»Weil er nur *wahrscheinlich* tot ist«, sagte Rambam.

Ich legte auf, und da Judy noch schlief und McGovern noch einkaufen war, nutzte ich die Gunst der Stunde und dachte in aller Ruhe über die Lage nach. Ich starrte über McGoverns kleine Feuertreppe hinweg in die Gasse hinab und über die Stadt hinaus. Irgendwo da draußen war ein Tim oder ein John oder aber ein elendes Schlachtross ohne Namen hartnäckig am Grasen und wartete geduldig darauf, mir die Träume zu zertrampeln. Ich konnte bloß hoffen, dass ich rechtzeitig aus diesem Albtraum erwachte, um die wahre Identität dieses Jemand zu enträtseln. Die militärischen Experten mochten zwingende Gründe zu der Annahme haben, dass Tim auf einem Knochenacker von North Carolina die Würmer fütterte. Aber militärische Intelligenz war ein Widerspruch in sich, wie jeder jüdische Cowboy nur bestätigen kann. Ich musste nur noch herausfinden, warum man dort diesen potenziell tödlichen Fehler gemacht hatte.

Für mich stand fest, dass Tim und John ein und derselbe waren. Meiner Meinung war er es auch, mit dem Judy kurze Zeit verheiratet gewesen war. Außer sie kochte wirklich auf einem anderen Planeten. Aber die Klärung solcher Feinheiten konnte warten, bis über das Trauma der letzten Nacht Gras gewachsen war. Nur eine große Frage ragte noch drohend am Horizont unserer kleinen Leben empor: Wie konnte Lt. Tim Petzel aus dem Grab klettern, erpicht darauf, Judy und mich in eben dieses zu befördern? Ich glaubte zu wissen, warum er Judy und mich abmurksen wollte. Wie er aus dem Grab geklettert war, musste ich noch zu Hause nachschlagen. Wozu ich aber erst ein Zuhause brauchte.

Mir kam gerade ein seltsamer Gedanke, da polterte Schwester McGovern herein, beladen mit Lebensmitteln, um die Genesung der Patientin zu befördern, und einer großen Flasche Jameson Irish Whiskey, um meine Genesung zu befördern. Die Entschlossenheit dieses großen Mannes, einfach nur ein Freund und aufmerksamer Gastgeber zu sein, hatte etwas Ergreifendes. Gäbe es mehr McGoverns auf der Welt, dachte ich mir, wären die ganzen Tims überflüssig.

Wenn ich mich erfolgreich aus diesem ganzen Schlamassel herausarbeiten könnte, käme das einem kleinen Wunder gleich, sagte ich mir ferner, aber immerhin hätte ich meinen ersten Fall als Amateurdetektiv gelöst. Dann könnte ich meinen Nachtjob im Lone Star aufgeben, mit dem ich wie gesagt kaum meinen Bedarf an peruanischer Marschverpflegung decken konnte. Ich musste nur zwei

Fragen beantworten, dann hatte ich eine Chance, Tim zu schnappen, bevor er mich entleibte und davon abhielt, je ein leibhaftiger Amateurdetektiv zu werden. Die Fragen lauteten: In New York lebten zwölf Millionen Menschen – warum hatte Tim es ausgerechnet auf Judy und mich abgesehen? Und da dies zweifellos seine Mission war, wie war er mit seiner Waffe bloß von dem Knochenacker, wo er hingehörte, entwischt? Auf die erste Frage glaubte ich eine Antwort zu haben. Sie war deduktiver Natur, basierte aber auf jüdischem Radar und Cowboylogik, und damit wurde der Volkstanz zum Engtanz. Was die zweite Frage anging, da kannte Gott allein die Antwort.

Da Gott zufällig einen dieser seltenen wechselhaften, milden, schönen, sonnigen Wintertage in New York erschaffen hatte, sagte ich mir, ich könnte ja mal die Mauern meines kleinen Refugiums hinter mir lassen und ihn fragen. Ich sah bei Judy rein, die immer noch selig schlummerte, dann setzte ich den Hut auf und McGovern darüber in Kenntnis, dass ich einen kleinen Meditationsbummel um den Block machen wollte. Das gefiel ihm ganz und gar nicht.

»Woher willst du wissen, dass Tim draußen nicht schon auf dich wartet?«, sagte er; ein nicht ganz untriftiger Einwand. »Woher willst du wissen, dass er Judy gestern Abend nicht hierher gefolgt ist?«

»Der Typ mag vielleicht verrückt sein, aber das eigene Wohlergehen ist ihm trotzdem wichtig genug, dass er keine Zeugen brauchen kann. Nur deswegen hat Judy gestern Abend auch keine Kugel abbekommen. Er wäre ihr nie und nimmer die ganze Strecke hierher gefolgt. Wenn ich seine Motive und seine Geistesverfassung richtig einschätze, hätte er sie definitiv unterwegs abgemurkst. Folglich ist er ihr gestern Abend nicht hierher gefolgt.«

»Gutes deduktives Räsonieren, Sherlock«, sagte McGovern. »Ich hoffe bloß, dass du Recht hast. Wie wär's mit einem Abschiedsschlückchen Jameson? Und dann geh mit Gott.«

McGovern goss zwei zünftige Drinks ein und reichte mir den einen. Wir ließen die Gläser klirren.

»Wie wär's mit einem irischen Trinkspruch?«, sagte McGovern.

»Mag bei der Schlangenpisse hier angehen«, sagte ich.

»Das Beste der Vergangenheit sei das Schlimmste unserer Zukunft«, sagte er.

»Das ist wunderschön, McGovern«, sagte ich. »Im Moment wäre es mir aber lieber, die Vergangenheit würde uns einen großen Gefallen tun und dort bleiben, wo sie hingehört.«

41

Ich war kaum einen Block weit gegangen, als es zu regnen anfing. Ein seltsamer Regen; die Sonne schien nämlich weiter, als wäre nichts geschehen. Sonne und Regen taten so, als wäre ihnen alles egal. Mir war auch alles egal, da waren wir also schon drei. Man sah Regentropfen Fensterscheiben hinablaufen, durch die die Sonne schien. Man sah einen Mann mit einem schwarzen Cowboyhut die Straße entlanggehen, dem es egal war, wenn eine regentropfenförmige Kugel durch ihn hindurch schien.

»Der Teufel schlägt seine Frau«, sagte ich mir, weil man sich das sagen soll, wenn es regnet und gleichzeitig die Sonne scheint, immer vorausgesetzt, man redet noch mit sich.

Der Teufel war in diesem Fall zweifelsohne Navy Lieutenant Tim Petzel. Die misshandelte Frau war unbestreitbar Judy. Also schlug der Teufel jetzt seine Frau, wo es regnete und gleichzeitig die Sonne schien, und er hatte sie gestern Abend geschlagen, und in dieser besten aller möglichen Welten würde er sie wahrscheinlich immer weiter schlagen. Welcher vernünftige Mensch würde sich denn in einen solchen Ehekrach einmischen? Es gibt zwei Dinge, die ich nicht abkann, hat Patrick O'Malley immer gesagt, und das sind ein vollgeschissenes Baby und ein flennender Mann. Dem ließ sich immer ein guter Samariter hinzufügen. Kraft meiner Stellung als Judys angeblicher Freund war ich in jedem Fall in Tims Fadenkreuz, ob ich nun gute Absichten verfolgte oder nicht. Mir war Jacke wie Hose, ob ich für einen guten Samariter gehalten wurde. Nur ein toter Samariter wollte ich nicht werden.

Die Erfahrungen der letzten Monate hatten mir massives Hodenklemmen beschert, sagte ich mir, während ich die Hudson hochstiefelte. Es geht doch nichts über einen Toten, der zurückkommt und einen abmurksen will. Lässt einen glatt am Leben hängen. Derlei trübe Vorstellungen wälzte ich und folgte unbewusst meinen Füßen, die mich durch die noch trüberen stillen Schluchten von New Yorks Immobilien und überraschenderweise bis vor meinen alten ausgebrannten Loft führten. Lieber einen ausgebrannten Loft als ein ausgebranntes Hirn, dachte ich und ließ den Blick über die Müllwagenparade schweifen, um ihn dann auf der verkohlten Außenmauer von Nr. 199B der Vandam Street ruhen zu lassen. Da würde in nächster Zeit niemand wohnen. Jammerschade, dass ich die Wohnung nicht mit einer hübschen Versicherung im Rücken abgefackelt hatte. Im Nachhinein war ich Feuer und Flamme für eine derartige jüdische Sanierung.

Ich wollte weitergehen, trat auf eine verbogene Spielzeugtrompete, die offenbar ein Kind im Regen liegen lassen hatte, und brach mir dabei fast das Scheißbein. Ich lag in der Gosse wie Oscar Wilde und sah Sterne, die sonst niemand sehen konnte, als eine dunkle, dünne, unfreundlich wirkende Frau zielbewusst aus dem Haus trat und ein Schild an die Tür klebte. Auf dem Schild stand: »Wohnung im 3. Stock zu vermieten. Bei Zorka melden.« Darunter stand eine Telefonnummer.

»Immer sachte mit den jungen Bräuten«, sagte ich und erstand aus der Gosse. »Die Wohnung könnte mich interessieren.«

»Als Kaution müssen aber zweihundertfünfzig Dollar hinterlegt werden«, sagte die Frau, während sich mich begutachtete. Das Gutachten schien nicht sehr positiv auszufallen.

»So hoch? Warum das denn?«, sagte ich. Das Gebäude war drinnen wie draußen doch nur ein altes Lagerhaus.

»Wir müssen bei potenziellen Mietern besser aufpassen«, sagte sie. »Im ersten Stock hat sich letzten Monat irgendein Idiot fast in die Luft gejagt. Wird eine Weile dauern, bis man da wieder wohnen kann. Der Knallkopf hätte das ganze Haus sprengen können.«

»Oder die ganze Welt«, sagte ich.

»Leute gibt's«, sagte die Frau und wollte wieder ins Haus gehen.

»Ich kann Sie gut verstehen«, sagte ich. »Trotzdem, ich interessiere mich sehr für die Wohnung. Wie lange, glauben Sie, ist die noch frei?«

»Bis der nächste verrückte Wissenschaftler vorbeikommt«, sagte sie. »Wollen Sie mal einen Blick reinwerfen?«

Und so betrat ich mit diesem düsteren Wesen, das sich als Zorka vorstellte, den Lastenaufzug. Kaum war der Start erfolgt, fiel ihr ein, dass der Mann, der das Haus fast in die Luft gejagt hatte, ebenfalls ein Cowboy gewesen war. Ich stellte mich hastig als Neil Shelby vor, Dressman auf dem Weg zu einem Cowboy-Fototermin bei Calvin Klein. Ich sei gar kein echter Cowboy, versicherte ich ihr. So einer hätte wahrscheinlich die Kaution runtergehandelt.

Vielleicht lag es ja am Blick auf die Müllwagen, aber als ich mir die Wohnung ansah, stürzte ich in den tiefen Brunnen einer Vergangenheit, die mir eigentlich gar nicht gefallen hatte. Abbie hatte mir mal erklärt, was Nostalgie war: »Nostalgie«, hatte er doziert, »ist das Krankheitssymptom eines Individuums oder einer Gesellschaft.«

Er hatte bestimmt Recht damit. Nostalgie musste um jeden Preis vermieden werden. Trotzdem vereinbarte ich mit dieser Zorka, die Wohnung zu nehmen. Das große Pastellbild der Ballerina musste natürlich weg, aber früher oder später müssen wir ja alle weg.

Als ich das Haus verließ, war ich finanziell ärmer dran, mit dem Schlüssel zum neuen Loft in der Tasche jedoch unendlich reicher an Münze des Geistes. Ich sagte mir, dass das nichts mit Nostalgie nach der jüngeren Vergangenheit zu tun hatte. Vielleicht hatte ich mich einfach nur nach eigenen vier Wänden gesehnt. Vielleicht hatte ich genau wie Abbie das Weglaufen satt. Aber ist man erst eine Weile weggelaufen, läuft man immer vor etwas anderem weg, als man glaubt. Und worauf man zuläuft, ist nie das, was man hofft. Unweigerlich stellt man fest, dass das Leben den Pappkulissen eines Spaghettiwestern gleicht: Alle Welt düst in Jom-Kippur-Klippern herum, trotzdem denkt keiner daran, Jim Thorpe seine blöden Medaillen zurückzugeben. Es gibt kein richtiges Leben, außer man macht sich wie Abbie darüber lustig. Nicht jeder Hamster läuft im Rad.

Solche Gedanken gingen mir durch den Kopf, als ich den Weg zu McGoverns Wohnung einschlug. Aber bevor ich dort ankam, geschah etwas. Ich traf ein Mädchen in pfirsichfarbenem Kleid.

42

Es stand vor einer kleinen Bäckerei in der Jane Street und hielt zwei winzige Hunde an der Leine. Es hatte ein bildschönes amerikanisches Gesicht, auf dessen Ebenen Intelligenz und Unschuld offene Feldschlachten ausfochten, die ein Leben lang unentschieden bleiben mochten. Es hatte das Haar eines reichen Mädchens – lang, glatt, blond, dicht –, als hätte es sein Lebtag von allem nur das Beste gegessen. Passend zum Kleid trug es eine pfirsichfarbene Schleife im Haar. Auch die Hündchen trugen Schleifen. Vor den im Sonnenlicht glitzernden Regentröpfchen erschien sie wie eine Vision – überirdisch zart, flüchtig, kindlich, so schön, dass man durch sie hindurch in eine bessere Welt sah. Dass sie so kindlich wirkte, überraschte mich weniger. Sie konnte höchstens sechs Jahre alt sein.

»Bist du ein *echter* Cowboy?«, fragte sie mich, machte eine Kunstpause und zupfte die Schleife in ihrer kunstvollen Frisur zurecht. »Oder hast du dich nur verkleidet?«

Dass es auch immer ein Kind sein muss, das die schwersten Fragen stellt. Dass es auch immer ein Kind ist, das einen überlegen lässt, ob man sich ein Leben lang etwas vorgemacht hat. Vielleicht war sie doch schon sieben.

»Natürlich bin ich ein echter Cowboy«, sagte ich und rang nach männlicher Entrüstung. »Hast du denn noch nie einen echten Cowboy gesehen?«

»In New York nicht«, sagte sie.

Da mochte die Kleine Recht haben. Sie hatte auch etwas Neunmalkluges an sich, das mir ein bisschen auf den Senkel ging. Eines Tages würde sie einem Glückspilz ganz schön zu schaffen machen.

»Als ich vier war, haben wir in Arizona Ferien auf der Ranch gemacht«, fuhr sie fort. »Da gab's echte Cowboys, aber die haben anders ausgesehen als du.«

»Ob jemand ein echter Cowboy ist, sieht man ihm oft nicht an«, sagte ich. Es war zu spät, ihr zu sagen, ich wäre ein Dressman namens Neil Shelby auf dem Weg zu einem Cowboy-Fototermin bei Calvin Klein. Stimmte ja sowieso nicht.

»Du meinst, ein echter Cowboy ist so etwas wie eine gute Fee?«, sagte sie mit dem plötzlichen Ernst, den nur ein Kind aufbringt, dem gerade eine Wahrheit aufgeht.

»Was hast du noch mal gesagt, wie alt du bist?«, fragte ich sie und sah mich verstohlen nach ihrer Mutter um.

»Das hab ich noch gar nicht gesagt«, sagte sie, »aber am 14. August werd ich sechs, und wenn du dich fragst, wo meine Mutter ist, das ist die gut gekleidete blonde Dame in dem Laden da, die dich keine Sekunde aus den Augen lässt. Tragen echte Cowboys Waffen?«

»Natürlich nicht«, sagte ich. »Wir haben schon immer die Ansicht vertreten, wenn uns jemand umbringen will, muss er seine eigene Waffe mitbringen. Wie heißt du?«

»Stephanie«, sagte sie und kniete sich hin, um ihre Hunde vorzustellen. »Holly, Dandelion. Ich möchte, dass ihr einen echten Cowboy kennen lernt.« Die Hunde, die vielleicht halb so hoch waren wie meine Stiefel, zeigten sich mäßig interessiert. Ich wahrte Sicherheitsabstand. Um die gut gekleidete Mutter nicht zu beunruhigen, ging ich in die Hocke und versuchte tollpatschig, mich mit den zappeligen, rattengroßen Tieren anzufreunden.

»Das sind ja süße kleine Dinger«, sagte ich, »genau wie du.«

»Holly, du solltest lieber Dandelions rosa Schleife tragen«, sagte Stephanie und beachtete mich nicht weiter. »Die passt besser zu deinem Halsband. Blöd, dass ich keine Schleifen binden kann. Ach, ich mach's so: Ich tausch nicht die Schleifen, sondern wir geben Dandelion einfach dein Halsband, und Dandelion, du gibst Holly deins. Dann hat alles seine Richtigkeit.«

Gesagt, getan, und vor meinen verblüfften Augen lösten ihre kleinen Finger mühelos Hollys Halsband samt Hundemarke und Leine und befestigten alles geschickt an Dandelions schlankem Hals. Dann löste sie Dandelions Halsband, und schneller, als ich mir eine Zigarre anzünden konnte, war die ganze Operation abgeschlossen. Man konnte wirklich nur bass erstaunt zusehen. Das Kind wusste mit sechs Jahren ganz genau, was es tat, und das war verdammt viel mehr, als ich von mir behaupten konnte. Natürlich gab es viele Dinge, die das Kind noch nicht wusste oder verstehen konnte. Sie konnte einem wahrscheinlich nicht sagen, warum wir nach Vietnam in den Krieg gezogen waren. Sie wusste vermutlich nicht, dass man sich in der Türkei die Zähne früher mit Urin geputzt hat. Solche Sachen schnappt man erst im Lauf der Zeit auf.

»Nur damit du's weißt«, sagte Stephanie, »Holly ist jetzt Dandelion, und Dandelion ist jetzt Holly, aber nicht wirklich.«

»Ich werde das im Auge behalten«, sagte ich, als Stephanies Mutter gerade aus der Bäckerei kam. »Aber sie sind so klein, dass ich sie ohne mein Vogelbestimmungsbuch und meine Brille gar nicht unterscheiden kann.«

»Holly ist ein *Yorkshireterrier*«, sagte sie, als spräche sie mit dem Dorfdeppen. »Dandelion ist ein *Malteser.*

Malteser sind immer *weiß*. Yorkshireterrier sind immer *süß* und haben des *Herz* eines *Löwen.*«

»Holly ist ein Yorkshireterrier«, wiederholte ich. »Dandelion ist ein …«

»Komm, Schatz, wir gehen«, sagte die gut gekleidete Frau und schenkte mir ihr eisigstes Lächeln.

Artig folgten das Mädchen und die Hündchen in ihrem Kielwasser. Das war auch gut so, denn sonst wäre ich vielleicht nie bei McGovern angekommen.

»Nicht vergessen!«, rief mir das kleine Mädchen über die Schulter zu. »Malteser sind immer weiß! Yorkshireterrier haben das Herz eines Löwen!«

»Das werde ich mir merken!«, rief ich zurück und tat es auch. Vielleicht konnte ich das ja mal brauchen, wenn ich in der Hölle Hunde hüten musste.

Bevor sie um eine Ecke bogen und außer Sicht gerieten, warf Stephanie ihr Reiches-Mädchen-Haar in sehr erwachsener Manier nach hinten und winkte mir nach Kinderart noch einmal freundlich zu. Wenn ich so etwas sehe, frage ich mich immer, ob das Kind nicht zu schnell erwachsen wird. Aber das habe ich mich auch meinetwegen immer wieder gefragt.

Als ich den Gehweg zu McGovern hochstiefelte, hatte ich ein Lächeln im Gesicht, was dieser Tage selten genug vorkam. Es war ein herrlicher Nachmittag. Außerdem hatte sich gerade das letzte Steinchen zum mörderischen Mosaik gefügt. Morgenrot, Schlechtwetterbot'.

Als ich die Treppe zu McGoverns Haus erreicht hatte, stand mein Plan fest. Ich brauchte ein bisschen Mithilfe, ein bisschen Verschwiegenheit und ein bisschen Glück, aber fast alles, was ich brauchte, hatte mir ein kleines Mädchen geschenkt. Ein Mädchen, das ich wahrscheinlich nie wieder sehen würde.

Manchmal steht und fällt das Ganze mit einer Kleinigkeit, einem winzig kleinen, funkelnden Stern, um den sich ein ganzes Sonnensystem dreht. Als ich auf einen grünen 2G kam und auf die Klingel drückte, dachte ich an all das hektische Treiben und menschliche Streben, das gerade dieses Haus, diese Straße und diese Stadt erfüllte. Mir fiel eine Bemerkung wieder ein, die Earl Buckelew, unser alter Nachbar in Texas, vor vielen Jahren hatte fallen lassen. Ein Städter hatte sich all das brachliegende Land auf Earls Ranch angesehen und ihn schließlich gefragt, ob das eigentlich zu irgendwas tauge. Und Earl hatte geantwortet: »Das taugt nur dazu, die Welt zusammenzuhalten.«

43

»Nein!«, schrie Judy. »Menschenskind, nein, Mann, ich werde dich nicht heiraten!«

Ich war mir sowieso nicht sicher gewesen, ob sie einwilligen würde, aber ihre temperamentvolle Reaktion zeigte zumindest, dass es ihr schon viel besser ging.

»Ich verstehe nicht, wie du so ein Angebot ausschlagen kannst«, sagte ich und war bestrebt, nicht an meinem Schleim zu ersticken. »Das kann doch nur heißen, dass du immer noch mit Tim verheiratet bist.«

Als Judy das hörte, wich sie zurück. Im selben Augenblick rückte McGovern aus dem Schlafzimmer vor. Ein Zusammenprall konnte noch knapp vermieden werden. »Ich bin nicht immer noch mit Tim verheiratet«, sagte Judy und stampfte zur Betonung mit ihrem kleinen Fuß auf.

»Lass das bitte«, sagte McGovern flehend. »Die Dame unter mir staucht mich seit einiger Zeit sowieso nur noch zusammen.«

»Die Dame unter dir kann mir mal im Mondschein begegnen«, sagte Judy aufgebracht.

»Das wünsch ich mir auch schon seit sieben Jahren«, sagte McGovern cool.

»Woher weißt du eigentlich, dass Tim und ich verheiratet waren?«, fragte mich Judy und lehnte sich mir gegenüber unter Carole Lombards Porträt an die Wand. Zwei Frauen starrten mich erbarmungslos an.

»Ich wäre kein guter Privatdetektiv, wenn ich das nicht wüsste«, sagte ich.

»Du bist auch kein guter Privatdetektiv, sonst hättest du Tim längst geschnappt.«

»Das ist nur noch eine Frage der Zeit«, sagte ich. »Aber vorher werde ich dir ein paar Fragen stellen, und ich will ein paar wahrheitsgemäße Antworten hören.«

Judy, spürte ich, wäre gern noch weiter weggerückt, aber das ging ja nicht mehr. Sie stand buchstäblich mit dem Rücken zur unverputzten Ziegelwand. Ich glaubte, recht genau zu wissen, worauf ich hinauswollte, war mir dessen aber nicht gänzlich sicher. Vielleicht streifte ich es auch nur. Wie Tim mich.

»Herrgott noch mal, Judy«, sagte ich. »Sei doch bitte ein einziges Mal ehrlich. Das könnte dir und mir vielleicht sogar das Leben retten.«

»Und ich würde nur ungern zwei Hauspesten verlieren«, sagte McGovern.

Judy lächelte McGovern an, zwinkerte ein paar Tränen weg, und dann brach sie, wie Rapid Robert mal sagte, zusammen wie ein kleines Mädchen.

»Warst du mit Tim verheiratet, bevor er nach Vietnam ging?«, fragte ich sie.

Judy nickte.

»Gab es größere Eheprobleme, ob nun zwischen euch oder zwischen euch und euren Angehörigen?«

Judy nickte wieder, diesmal ein bisschen traurig, hatte ich den Eindruck. Anscheinend setzte ich zu einer glatten Nachtlandung auf einem Flugzeugträger an. Aber ich musste aufpassen. Das Meer kann einem Streiche spielen.

»Und Tim wollte eine Scheidung, aber du hast gedacht, ihr würdet es schon noch irgendwie schaffen?«

Judy nickte wieder. McGovern starrte mich erstaunt an, womöglich bekam er plötzlich Respekt vor meinen Ermittlungskünsten. Aber es war keine Ermittlungsarbeit, die den Fall der Aufklärung näher gebracht hatte.

Es war deduktives Räsonieren. Deduktives Räsonieren und der glückliche Zufall, einem Mädchen in einem pfirsichfarbenen Kleid begegnet zu sein.

»Ich nehme an, er hat dir sporadisch geschrieben, aber nach dem Abschuss hast du nie wieder von ihm gehört und ihn auch nie wieder gesehen, bis er dir zufällig in der Gasse hinter dem Ear ins Auge fiel. Stimmt das?«

Anscheinend wurde der Volkstanz zum Engtanz, Judy schlug nämlich die Hände vors Gesicht und drehte den Hahn auf.

»Aber was hat das alles zu bedeuten?«, brachte sie schluchzend heraus.

»Es bedeutet, dass wir beide aus Versehen in einen gefährlichen Beschiss reingeraten sind, der fast tödlich ausgegangen wäre. Es bedeutet, dass noch jede Menge Arbeit vor uns liegt, die zügig erledigt werden muss. Und schließlich bedeutet es, dass du mich heiraten musst, Judy.«

Judy sah mich an wie einen unheilbar Kranken. McGovern starrte ins Leere, als hätte ihm jemand einen Hammer über den Schädel gezogen. Selbst Carole Lombard wirkte nach meinem letzten Satz leicht verdutzt. Judy hatte natürlich die Wahrheit gesagt, als sie behauptet hatte, sie wäre nicht immer noch mit Tim verheiratet. Schließlich war sie die längste Zeit davon ausgegangen, seine Witwe zu sein. Weil die Ehe nicht lange gehalten hatte, weil er in den Krieg gegangen und abgeschossen worden war, und vielleicht auch seiner Einstellung zur Ehe wegen, hatte sie die Tatsache, seine Witwe zu sein, einfach vom Tisch gewischt, um ihn besser als den heldenhaften Freund ihrer versunkenen Jugend im Gedächtnis behalten zu können. Viele Dinge im Leben machen sich besser, wenn man sie in die Vergangenheitsform überführt hat.

Nur war Judy leider weder jetzt eine Witwe noch je eine gewesen. Tim weilte leider mitten unter uns. Und die Zeit war leider nicht auf unserer Seite. McGovern goss uns drei zünftige Gläser Château de Katzpiss ein, dann setzten wir uns an seinen kleinen Tisch, und ich erläuterte den beiden meinen Plan. Wenn Tim geglaubt hatte, der Krieg wäre aus, dann war er auf dem falschen Flugzeugträger.

»Du hast mein großes Kürschnerehrenwort«, sagte ich. »Wir müssen nicht im Ernst heiraten. Aber alle müssen genau das glauben. McGovern kann uns dabei behilflich sein. Wenn ich Tims verkorkstes Gehirn richtig einschätze, müsste eine allgemein publik gemachte Verlobungsfeier genau das Richtige sein, um diese spezielle zweibeinige Ratte in die Falle zu locken. Er hat versucht, Judy und mich allezumachen – bisher ist ihm das aber nicht gelungen. Aus Gründen, die ich mir, glaube ich, denken kann, ist der Typ völlig verzweifelt. Ich kann mir nicht vorstellen, dass er die Chance sausen lässt, uns beide doch noch auf einen Streich abzuservieren.«

»Der Killer im Haus erspart den Scheidungsrichter«, sagte McGovern und goss uns allen noch eine Runde ein. Dann erhob er das Glas zu einem Trinkspruch.

»Auf die Zukunft«, sagte er.

44

Gut eine Woche später war das Monkey's Paw an einem strahlenden Sonntagnachmittag für die große Verlobungsfeier herausgeputzt worden. Ratso und Chinga waren meine Komoderatoren, McGovern hatte zuvor schon einen zweiseitigen Bericht in den *Daily News* gebracht, und Rambam war für die Sicherheit verantwortlich. Mick Brennan stellte den offiziellen Festfotografen, und Pete Myers wollte mit seiner Küche den Partyservice übernehmen. Cleve hatte eine, wie sich herausstellte, ziemlich scheußliche Countryrock-Band aus New Jersey besorgt. Es ließ nichts Gutes ahnen, dass alle eben Erwähnten bei meiner Ankunft schon so high waren, dass sie eine große, rustikale Familie von Trittleitern gebraucht hätten, um sich am Hintern zu kratzen. Die einzige Ausnahme war Rambam. Der war aber noch nicht da.

Der erste echte Gast war Tom Baker, und der war in Regionen weggetreten, wo kein Nachtbus mehr fuhr. Da wir für das Fest das ganze Paw gemietet hatten, gab es für Baker oder McGovern keine Probleme reinzukommen. Und wie wir sie wieder rausbekommen würden, spielte vorläufig keine Rolle. Ich musste schließlich meine Rolle spielen, dastehen und wie ein glücklicher kleiner Bräutigam grinsen, während Mick Brennan ungefähr eine Handbreit vor meiner Nase dauernd sein Blitzlicht auslöste. Als meine Zukünftige eintrudelte – manche Frauen sehen in Schwarz wirklich gut aus –, ging die ganze Mischpoke von der Marschverpflegung, dem

Whiskey und den Gorillakeksen schon auf dem Zahnfleisch. Ich hatte selbst ziemliche Mühe, in der Senkrechten zu bleiben. Man feiert schließlich nicht jeden Tag die eigene Verlobungsparty.

Ein Großteil der schweren Vorarbeit war zum Glück schon geleistet. Ich hatte Rambam erzählt, wie Tim meiner Meinung nach von den Toten auferstanden war. Er hatte das überprüft, Tims Dienstakte noch einmal unter die Lupe genommen und meinen Verdacht erhärtet. Natürlich nannte Tim sich nicht mehr Tim.

»Wie findet ihr die Dekoration?«, sagte Ratso. »Chinga und ich haben uns echt krumm gelegt, um das Ambiente zu verschönern und der ganzen Angelegenheit den richtigen Schliff zu geben.«

»Es sieht zum Kotzen aus, Mann«, sagte Brennan. »Wo habt ihr bloß die blauweißen Luftschlangen und die israelischen Wimpel her?«

»Von der Bar-Mizwa meines Neffen«, sagte Ratso, sichtlich entzückt von dem eigenen Werk. »Das merkt doch keiner.«

»Da hat er Recht«, sagte Baker. »Am besten gefallen mir die Cocktailservietten. ›Wir gratulieren Randy und Kimberly‹ Was ist denn aus Judy und Stinky geworden? Ich meine Pinky. Ich meine Finky. Ich meine *Kinky.*«

»Für die Cocktailservietten kann ich nichts«, sagte Ratso. »Die waren Chingas Aufgabe.«

»Das Ganze ist jedenfalls echt für'n Arsch«, sagte Ross Waby. »Da kenn ich Leichenschmäuse, die mehr hermachen.«

»Wenn was schief geht, wird das hier ja vielleicht auch einer«, sagte Rambam, zog den Mantel aus und sich einen Hocker an die Bar.

»Sind die Sicherheitskräfte vor Ort?«, fragte ich ihn leise.

»Es dürfte nicht schwer fallen, die Agenten vom Office of Naval Intelligence auszumachen«, sagte Rambam. »Das sind hier die einzigen gepflegten Typen. Ich hab sie an der Tür postiert, dann können sie ihn abfangen, wenn er in die Party platzen will. Die halbe obdachlose Bevölkerung von New York hat das ja anscheinend schon geschafft.«

»Wir mussten das Haus vollkriegen«, sagte Chinga. »So beliebt ist Kinky auch wieder nicht.«

»Wo zum Teufel steckt Judy?«, fragte ich McGovern. »Wir müssen doch so tun, als wäre in der Abteilung Glückliches Paar schwer was los.«

»Das könnte schwierig werden«, sagte McGovern. »Sie ist gerade mit Chinga und Tom Baker auf der Herrentoilette verschwunden, und ich glaube, sie hatten genug Marschverpflegung dabei, um die Einwohner eines Entwicklungslandes in mittelprächtige Amphibien zu verwandeln.«

»Na toll«, sagte Ratso. »Und das, wo ich gerade einen stillen Rückzug aufs stille Örtchen vorhab.«

»Versuch's doch bei Damen«, sagte McGovern.

»Da sieht's noch schlimmer aus, Mann«, sagte Mick Brennan. »Da steckt 'ne ganze Countryrock-Band aus New Jersey drin, und ich glaube nicht, dass die da ihre Instrumente stimmen.«

»Wo zum Teufel steckt eigentlich Cleve?«, rief Ratso. »Die Musik muss auf die Bühne, damit ich endlich meinen Nixon machen kann.«

»Ich mag Ihre Freunde«, sagte eine korpulente Frau, die auf dem Weg nach draußen war. »Die sind so reizend.«

»Sie dagegen eher brechreizend«, sagte Brennan.

»Na hören Sie mal«, sagte das Frettchengesicht neben ihr. »Reden Sie nicht so mit meiner Frau.«

»Mein Beileid, Mann«, sagte Brennan.

»Glaubst du echt, dass sich der Typ blicken lässt?«, fragte mich Rambam vom Barhocker.

»Er muss«, sagte ich, »oder ich werd mich noch umsehen.«

»Jetzt siehst du dich lieber nicht um«, sagte Rambam. »Ich glaube, Ratso kackt gerade in die Garderobe.«

Zwei Stunden später war der Laden mit Festgästen gerammelt voll. Ob sie den wirklichen Anlass kannten oder ahnten – oder ob ihnen das völlig schnurz war –, konnte niemand sagen. Die Countryrock-Band aus New Jersey stand auf der kleinen Bühne und spielte zum grob geschätzt vierzehnten Mal »Orange Blossom Special«. Tim ließ sich nicht blicken.

»Ich verstehe nicht, warum Countryrock-Bands aus New Jersey immer ›Orange Blossom Special‹ spielen müssen«, sagte Chinga.

»Das ist bei ihrem Volk so Sitte«, sagte ich.

»Vielleicht kennen sie ›Cum Stains on the Pillow (Where Your Sweet Head Used to Be)‹ bloß nicht«, sagte McGovern.

»Das wird's sein«, sagte Baker. »Die sind kulturell depriviert. Ich hab gesagt, sie sollen mal ›Proud to Be an Asshole from El Paso‹ spielen, aber nicht mal *das* kennen die Arschlöcher.«

»Das ist, als würde man einen van Gogh nicht erkennen«, sagte Chinga. Stoische Trauer schwang in seiner Stimme mit. Schließlich hatte er den Song geschrieben.

»Wo bleibt denn deine zukünftige Exfrau?«, fragte mich Tom Baker.

»Woher zum Teufel soll ich denn das wissen?«, fragte ich zurück. »Vielleicht hat sie sich auf der Herrentoilette an der Duschstange aufgehängt.«

»Deine Einstellung lässt nicht gerade lebenslanges Glück im Hafen der Ehe erahnen. Aber welcher vernünftige Mensch wünscht sich auch lebenslanges Glück im Hafen der Ehe, was?«

»Im Moment wünsche ich mir nur, dass der einzige Mann in New York, der wirklich an eine echte Verlobungsparty glaubt, hier endlich reinspaziert kommt.«

»Das ist keine echte Verlobungsparty?«, sagte Baker. »Ich fass es nicht. Du willst mich wohl verarschen. Dabei hab ich immer gefunden, ihr beiden würdet so ein glückliches Paar mit einer so rosigen Zukunft abgeben, Finky. Ich meine Pinky. Ich meine Stinky. Ich meine Kinky ...«

Aber ich hörte dem Bakerman nicht zu. Trotz »Orange Blossom Special« konnte ich ein Geschrei vernehmen, das vom Eingang des Paw herrührte. Unten an der Eingangstreppe brach eindeutig eine Rauferei aus. An der Tür wurde ein verspäteter Partygast von zwei sehr effizient aussehenden, gepflegten Typen überwältigt. Ohne sich von seinen Protesten stören zu lassen, legten sie ihm Handschellen an. Dann zogen sie eine große, unangenehm aussehende Waffe unter seiner alten Armyjacke hervor.

»Auf die Planke mit ihm!«, schrie Rambam, als die Beamten von der Naval Intelligence einen benommenen Tim Petzel zur Tür hinausdrängten.

»*Turn out the lights, the party's over*«, sagte der Bakerman.

Eine katzenhafte, attraktive, grünäugige Blondine löste sich von der Menge und lehnte sich nicht wenig aufreizend an den Barhocker des Bakerman.

»Vielleicht fängt sie auch gerade erst an«, sagte er und zwinkerte mir zu.

45

»Alle haben dazu beigetragen, diese listige Ermittlung abzuschließen«, sagte ich. »Besonders Rambam hat wunderbare Hintergrundrecherche geliefert.«

»Und Ratso hat wunderbare Arbeit bei den Dekorationen für die Verlobungsfeier geleistet«, sagte Tom Baker.

»Beim nächsten Mal kannste dir sonst wen suchen«, sagte Ratso.

»Es wird kein nächstes Mal geben«, sagte ich.

Das war am Abend desselben Tages. Die Navy hatte Tim Petzel abgeführt und bereitete die Anklage wegen Mordes vor, und ich erklärte dem Bakerman und Ratso, die aufmerksam auf dem Sofa mit den Bremsspuren saßen, wie es zu all dem gekommen war. Es war keine Rede vor den Völkern der Welt, aber man nimmt, was man kriegen kann.

»Tim Petzel ist ein Mörder«, fuhr ich fort. »Nur gut, dass er es nicht geschafft hat, Judy oder mich umzubringen, obwohl er ganz scharf darauf war. Er ist nicht etwa bei einem Feindeinsatz abgestürzt. Vielmehr ist er in Vietnam desertiert, allerdings erst nachdem er ein paar seiner Vorgesetzten mit einer Splitterbombe aus dem Weg geräumt hat. Das hat Rambam über seine Kontaktleute bei der Naval Intelligence rausbekommen.«

»Aber er war mal mit Judy verheiratet?«, fragte Ratso.

»Definitiv. Obwohl sie nach seiner Beerdigung natürlich geglaubt hat, er wäre tot. Das würden die meisten Menschen glauben. Deswegen war auch niemand überraschter als sie, ihn ganz zufällig quicklebendig in New York zu sehen. Doch, einer war überraschter, und das war Tim. Er musste alles daransetzen, seine neue Identität geheim zu halten, also nahm er sich vor, wegen Judy und ihrem Schnüfflerfreund, meiner Wenigkeit, etwas zu unternehmen. Die Navy kann es auf den Tod nicht ab, wenn ich mal so sagen darf, wenn man ihr zwei Offiziere tötet und dann mitten im Krieg vom aktiven Dienst desertiert.«

»Moment mal«, sagte Baker. »Immer langsam mit den jungen Toten. Wenn es Tim war, der heute geschnappt wurde, als er in die Party reinplatzen wollte, wer liegt dann in Grants Gruft begraben?«

»Luther Tibbs«, sagte ich.

Der Bakerman sah mich an. Ratso sah mich an. Der Eisbärenkopf sah mich an. Die Jungfrau Maria sah mich an. Ich warf mich in leidliche Sherlockpose, paffte geduldig meine Zigarre und starrte durchs Fenster ins Leere des allzu sterblichen Verstandes.

»Wer zum Geier ist Luther Tibbs?«, fragte Ratso schließlich.

»Endlich fragt mal einer«, sagte ich. »Luther Tibbs ist ein Fliegerkollege von Tim Petzel. *War* ein Fliegerkollege von Tim Petzel, genauer gesagt. Luther Tibbs war in dem abgeschossenen Flugzeug, wurde monatelang vermisst, wurde offiziell als Tim Petzel identifiziert und liegt gegenwärtig auf einem militärischen Knochenacker in North Carolina.«

»Aus Luther Tibbs wurde Tim Petzel«, sagte Ratso aufgeregt, »und aus Tim Petzel wurde Luther Tibbs!«

»Exzellent, Watson«, sagte ich. »Du mauserst dich.«

»Dafür hat er einen Bonbon verdient«, sagte Baker. »Tatsache ist doch aber, dass das Militär der Bundesregierung, dem FBI und der CIA in Sachen Dokumentation, Forensik und modernen Methoden zur Leichenidentifikation nicht nachsteht. Mal davon abgesehen, dass das Militär über ein bürokratisches Netz verfügt, das die gesamten hundert Morgen der Hölle abdeckt. Der lange Arm der Militärgerichtsbarkeit reicht doch noch weiter als der der Bundesbullen.«

»Anders gefragt: Wie hat er das angestellt?«, fragte Ratso.

»Das Schicksal hat ihm gute Karten ausgespielt«, sagte ich. »Er führte eine unglückliche Ehe und hatte ein im Großen und Ganzen unglückliches Leben. Als eine Reihe von Ereignissen dazu führte, dass er sich in jemand anders verwandeln konnte, hatte er plötzlich den Trumpf in der Hand.«

»Jeder wäre gern jemand anders«, sagte Ratso. »Aber eine falsche Identität ist schon im Zivilleben kaum zu machen. Ich hatte gedacht, beim Militär müsste das so gut wie unmöglich sein.«

»So gut wie unmöglich ist nicht gleich unmöglich, mein lieber Watson. Du weißt doch: *Dream the impossible dream, beat the unbeatable foe …*«

»Scheiß auf den unmöglichen Traum«, sagte Baker. »Wie genau hat Tim der mächtigen Militärbürokratie weismachen können, er wäre Luther Tibbs?«

»Das ist kinderleicht«, sagte ich. »Genauer gesagt, *hat* ein Kind es gemacht. Ich habe einem Mädchen dabei zugesehen und verstanden, warum Tim fast damit durchgekommen wäre.«

Durch ein Fenster meines Geistes sah ich, wie mir ein kleines Mädchen in pfirsichfarbenem Kleid zuwinkte, bevor es um eine Ecke bog. Ich sah es auf dem Gehweg zwischen einem weißen Malteser und einem süßen Yorkshireterrier mit dem Herz eines Löwen knien.

»Das Mädchen hat die Halsbänder seiner Hündchen getauscht, damit sie besser zu deren Schleifchen im Schopf passten. Damit hat sie auch die Hundemarken vertauscht. Witzigerweise werden soldatische Identifizierungsmarken ungefähr seit dem Ersten Weltkrieg ebenfalls Hundemarken genannt. Folgendes muss also passiert sein: Aus irgendeinem Grund haben Tim und Luther ihre Hundemarken getauscht, wahrscheinlich damit der eine von ihnen den Stützpunkt verlassen und in die Stadt gehen konnte. Irgendetwas ganz Banales. Das wird zwar nicht gern gesehen und ist auch riskant, aber ungewöhnlich ist so ein befristeter Tausch nicht.

Während Tim mit Luthers Hundemarke in der Stadt ist, muss Luther einen Einsatz fliegen. Dabei wird er abgeschossen und stürzt in ein Reisfeld im Niemandsland, und als er Monate später endlich gefunden wird, kann er an der Absturzstelle nur noch mittels seiner Hundemarke identifiziert werden. Auch das ist nicht weiter ungewöhnlich.

Tim ist daraufhin klar, dass Luther eines Tages unter seinem Namen beerdigt werden würde. Er ist nicht sonderlich scharf darauf, seinen Vorgesetzten die Wahrheit zu sagen, und freut sich insgeheim auf eine neue Identität. Die eigene hat er sowieso satt, den Krieg auch, und diese Gelegenheit lässt seinen rücksichtslosen, gerissenen und vom Krieg gezeichneten Verstand endgültig ausrasten. In den folgenden Monaten kocht er wirklich auf einem anderen Planeten. Er räumt zwei Offiziere aus dem Weg, desertiert, taucht in New York wieder auf und rennt durch ein unglaubliches Pech seiner trauernden Witwe in die Arme, die mit der Nachricht sofort zu ihrem Amateurdetektivfreund rennt. Vielleicht hatte er sie auch schon die ganze Zeit über beschattet. Das werden wir wahrscheinlich nie erfahren. Tim weiß jedenfalls, was zu tun ist. Das erinnert ihn an alte Zeiten. Wie bei den Nachteinsätzen in Vietnam verfolgt er Judy und mich durch den Asphaltdschungel von New York. Für ihn sind wir der Feind. Er muss uns kaltstellen, oder seine Deckung fliegt auf. Es ist keine Frage, dass er auch uns aus dem Weg geräumt hätte. Aufgehalten hat ihn letztlich nur ein kleines Mädchen in einem pfirsichfarbenen Kleid.«

Ratso und der Bakerman waren von meinen Erklärungen schwer beeindruckt. Mich selbst hatte der Vortrag, auch angesichts der Strapazen der letzten Monate, schwer mitgenommen. Ich legte mich zu einem dringend benötigten Powerschlummer auf das alte Sofa mit den Bremsspuren, und die beiden gingen zur Tür.

»Gute Arbeit, Sherlock«, sagte Ratso. »Ruh dich aus, bevor dir der nächste große Fall dazwischenkommt. Und vergiss nicht, das kleine Mädchen hat nur mit seinen Hunden gespielt. Du selbst hast die Puzzleteile zusammengefügt und bist auf die Lösung gekommen.«

»Danke Watson«, sagte ich. »Dein dritter Schwarzgurt in Schleimscheißerei müsste jeden Tag fällig sein.«

Als ich wegdöste, klangen mir noch Tom Bakers Worte in den Ohren.

»Super Arbeit, alter Knabe«, sagte er. »Ich bin stolz auf dich, Dinky. Ich meine Stinky. Ich meine Pinky. Ich meine Finky. Ich meine *Kinky.*«

TEIL 3

Die öde Zukunft

Die Zukunft ist nur eine Halskette aus Jetzts.

Dennis Michael McKenna, 29. September 1945 – 15. Juni 1993

46

Ich wachte mit rasenden Kopfschmerzen auf einem kalten Fußboden auf, umgeben von kreidigem weißem Staub und großen weißen Steinen. Es sah aus, als wäre ein Zug mit Marschverpflegung umgekippt und hätte mich unter sich begraben. Erst hielt ich das für keinen schlechten Abgang, aber dann probierte ich das Pulver, und der große Kick blieb aus. Dann bearbeitete das laute Kläffen zweier kleiner Hunde mein Gehirn wie mit Eispickeln. Zwischen den beiden Hunden stand eine große, schöne Blondine, die mir irgendwoher bekannt vorkam. Der nachmittägliche Sonnenschein strömte durch ihr Haar.

»Die anderen Maler liebten das Sonnenlicht«, sagte ich, »aber van Gogh liebte die Sonne. Wo bin ich?«

»Du bist in deinem Loft, Kolibrischwanz«, sagte sie. »Etwas Putz von der Lesbentanzschule muss dir auf den Kopf gefallen sein.«

»Was?«, sagte ich. Ich war immer noch etwas angeschlagen. Mir war, als hätte ich zwanzig Jahre lang geschlafen. Die bellenden und jaulenden Hunde waren da auch keine große Hilfe.

»Pyramus! Thisbe!«, sagte sie mit strenger, zugleich jedoch lieblicher Stimme. »Klappe, meine Goldstückchen. Ihr stört euren kranken Onkel Kinky.«

»Wo ist die Katze?«, fragte ich und schaffte es endlich, mich aufzusetzen.

»Die würde wahrscheinlich an deiner Leiche knabbern, wenn die Mädels und ich es nicht von der Feuerleiter zum Küchenfenster geschafft hätten. Du wolltest nach oben kommen, bist aber nie angetanzt. Dein Telefon war nicht aufgelegt, also sind die Mädchen und ich dem mal nachgegangen und haben dich in dem Chaos hier gefunden. Hast du eigentlich keine Putzfrau?«

Langsam fiel mir alles wieder ein. Das hier war in der Tat mein Loft. Das sagenhafte Wesen, das auf hohen roten Pfennigabsätzen und in einem kurzen roten Kleid vor mir stand, war Stephanie DuPont. Der Ausblick war schöner als das meiste, was New York im Allgemeinen so zu bieten hatte.

»Wo ist die Katze?«, fragte ich wieder.

»Irgendwo«, sagte Stephanie obenhin. »Ich glaube, *les enfants* haben sie ins Schlafzimmer gescheucht. Willst du einen Drink?«

»Furzen Fische im Wasser?«, sagte ich. »Wie lange war ich denn weggetreten?«

»Weggetreten bist du seit ungefähr dreiundfünfzig Jahren, Wichser«, sagte sie. »Ohnmächtig hier auf dem Fußboden warst du etwa zwei Stunden.«

»Unglaublich«, sagte ich.

»Da fallen mir noch ein paar andere Ausdrücke ein«, sagte Stephanie. »Einer davon wäre ›jämmerlich‹.«

»Was ist mit den sieben Millionen Dollar?«, fragte ich. »Du hast gesagt, du hättest mir sieben Millionen Dollar mitgebracht, die wollte ich mir gerade abholen, und da muss mir auf der Treppe was passiert sein.«

»Dir ist hier was passiert«, sagte sie. »Ein Haufen Tanzlesben hat bei dir den Putz von der Decke bröckeln lassen. Du bist nie bis zur Treppe gekommen. Und wenn du glaubst, ich würde dir sieben Millionen Dollar geben, dann musst du wirklich träumen! Eines Tages kannst *du* ja mal versuchen, *mir* sieben Millionen Dollar zu schenken, aber so wie die Sache aussieht, möchte ich das bezweifeln. Dein Spirituosenschrank ist wie gewöhnlich leer. Ich geh mal nach oben und hol dir ’nen Brandy. Diesmal nehmen wir die Tür. Keine Angst. Wir sind gleich wieder da.«

Während ich Stephanie und den beiden Hündchen mit dem Blick zur Tür folgte, sah ich aus den Augenwinkeln, wie mir ein anderes kleines Mädchen zuwinkte.

»Leb wohl, Stephanie«, sagte ich. »Lebt wohl, Holly und Dandelion.«

Stephanie blieb wie angewurzelt stehen. Zum ersten Mal, seit ich sie kannte, sah sie wirklich verwirrt aus.

»*Woher weißt du das denn?*«, sagte sie und wirkte plötzlich recht wackelig auf ihren Stöckelschuhen. »Das habe ich dir doch *nie* erzählt.«

Ich saß im Staub, lächelte zu ihr hoch, lächelte zur ruinierten Decke hoch, lächelte zur verrückten, verkorksten Welt hoch.

»Ach, meine Liebste«, sagte ich so sanft ich konnte, »dann musst du es vergessen haben.«

Epilog

Ein bisschen Zeit ist verstrichen, und ich habe die meisten meiner sieben Zwetschgen wieder beisammen. Das Gehirn ist ein seltsames Ding, und nur Gott weiß, wo es uns manchmal hinbringen kann. Die Ereignisse in diesem Buch waren kein Traum. Einige von ihnen sind geschehen, andere nicht. Aber die Menschen in dem Buch sind sehr real.

Tom Baker ist 1982 zu Jesus gegangen, und seitdem ist mein Herz ein einsamerer Ort. Abbie Hoffman hat sich 1989 auf den Weg über den Regenbogen gemacht, und wann immer ich eine Autorität hinterfrage, ist er mir ein leuchtendes Vorbild. Earl Buckelew ist im Lauf des letzten Jahres in den Sonnenuntergang geritten. Ich habe bei seiner Beerdigung »Keep on the Sunnyside« gesungen, und das werde ich auch, Earl.

Die Village Irregulars sind, da ich dies schreibe, alle noch quicklebendig. Larry »Ratso« Sloman, Mike McGovern, Steve Rambam, Chinga Chavin, Pete Myers, Mick Brennan, Piers Akerman, Ted Mann, Ross Waby, Cleve Hattersley, Mort Cooperman, Buddy Fox, Bill Dick, Winnie Katz und die leicht geheimnisvolle Judy durchwandern allesamt auch weiterhin das Tal des Ennui namens Manhattan.

Stephanie DuPont verfolgt mich auch weiterhin hartnäckig im Leben und im Traum. Sie ist fabelhaft, sagenhaft und weise, nur gelegentlich muss ich sie darauf hinweisen, dass sie noch ein bisschen reifen muss.

Die Katze wird natürlich immer da sein. Mit eigentümlicher Anmut schreitet sie über die Seiten meines Lebens, ohne ein Wort zu sagen. Wie Earl Buckelews Land taugt sie nur dazu, die Welt zusammenzuhalten.

Danksagung

Der Autor möchte sich bei allen bedanken, bei denen sich Autoren immer bedanken. Als Erstes natürlich bei meiner wunderbaren Gattin. Dummerweise hat sie heute Morgen das Zeitliche gesegnet. Ich musste sie zur Strecke und zum Herrgott bringen. Sie wusste meine Arbeit sowieso nie richtig zu schätzen. Sie verstand nicht, dass ich aus dem Fenster schauen und trotzdem hochkonzentriert arbeiten und Szenen für ein Buch ersinnen konnte, dessen Ghostwriter offenkundig ein Autist ist, der wie ein Affe im Irrenhaus masturbiert. Ich bin dem Typ nie begegnet, aber der Ghostwriter dieser Bücher ist ein Genie. Mensch, allein die Danksagung ist echt Knochenarbeit.

Der Autor möchte Charles Bukowski, Jesus Christus und Dagobert Duck für ihre Ermutigung und unermüdliche Unterstützung danken. Jungs, Ihr seid klasse! Außerdem danke ich meinem Lektor Chuck Adams, der kostbare Zeit von seinem anderen Projekt *Schwarze Skipper meines Lebens* abzog und mir widmete.

Aus persönlichen Gründen möchte der Autor seinen Eltern danken, Min und Tom Friedman, die ihn in Casper, Wyoming, zeugten und ihm eine glückliche Kindheit bescherten, was bekanntlich die schlimmstmögliche Vorbereitung auf das Leben ist. Tom ist immer für mich da gewesen, und die Hand meiner Mutter halte ich wahrscheinlich mehr, als ich weiß. Min ist jetzt im Himmel, wenn es denn einen gibt, zusammen mit Cuddles, Kacey Cohen, Tom Baker, John Morgan, Earl Buckelew und praktisch allen anderen, die mir je nahe standen und denen ich mich garantiert fröhlich anschließen werde, sobald ich mit dieser Danksagung fertig bin.

Steve Rambam war der technische Berater des Buchs, und ihm habe ich auch den Titel *Blast from the Past* zu verdanken. Don Imus hat so lange zu mir gehalten, dass er bei mir eine Ehrenstellung einnimmt (wenn auch nicht im Bett). Meine Schwester Marcie hat das Manuskript gelesen und sich prompt aufgehängt. Max Swafford, der sich leider nicht aufgehängt hat, erfasste das Manuskript für den Computer, den ich bis heute nicht anrühre, weil ich wie der Unabomber überzeugt bin, dass er einem mit jeder Berührung ein Stück Seele raubt und die Möglichkeit steigert, dass man in Paris, Texas, Mr. Kinkys Kosmetikstudio eröffnet.

Ich hätte gern meiner Agentin Esther »Lobster« Newberg gedankt, aber statt dessen widme ich ihr das Buch in der Hoffnung, dass sie in Zukunft härter arbeitet. Manche Leute glauben, ich sollte auch härter arbeiten, aber ich möchte mir keinen Bruch heben, indem ich öde Thoraschnipsel durch die Pampas schleppe. Ich brauche all meine Energie, um Carolyn Reidy, David Rosenthal, Cheryl Weinstein, Ted Landry, Christine Saunders und den ganzen anderen netten Leuten bei Simon & Schuster zu danken.

Mein größter Dank geht an Dr. Charles Ansell, der mir das Wort »Petzel« beibrachte, was auf jiddisch »kleiner Penis« heißt. Auch Willis Hoover bin ich zu Dank verpflichtet, der Jesu letzte Worte aus dem Neuen Testament beisteuerte. Hoover betont: »Luther weiß, was Christen wünschen.«

Schließlich möchte ich meiner widerwilligen Muse Stephanie DuPont danken, die ich unlängst gefragt habe, ob sie mit mir Flitterwochen auf der Osterinsel machen würde. »Ja«, sagte sie, »aber wie wollen die meine Schmuckschatulle ins Flugzeug kriegen?«

Und jetzt muss ich alle anderen im Fahrstuhl töten.

Kinky Friedman, Jewfish Bayou, 1. Januar 1953